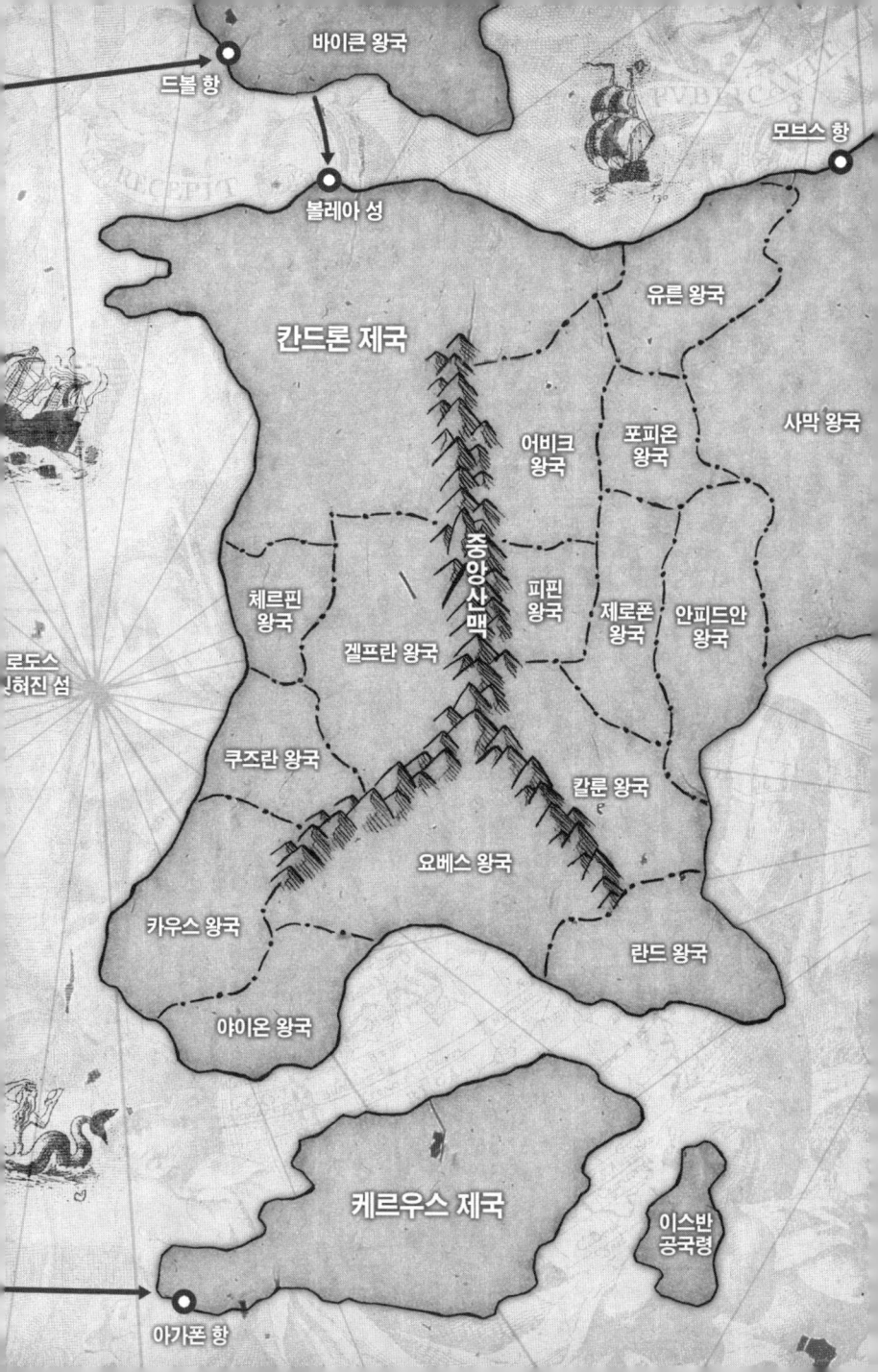

마계대공
연 대 기

FUSION FANTASTIC STORY
김광수 퓨전 판타지 소설

마계대공 연대기 30

김광수 퓨전 판타지 소설

초판 1쇄 찍은 날 § 2011년 8월 2일
초판 1쇄 펴낸 날 § 2011년 8월 12일

지은이 § 김광수
펴낸이 § 서경석

편집부장 § 권태완
편집책임 § 유경화
편집 § 이수민

펴낸곳 § 도서출판 청어람
등록번호 § 제1081-1-89호
등록일자 § 1999. 5. 31
어람번호 § 제1-1263호

주소 § 경기도 부천시 원미구 심곡2동 163-2 서경B/D 3F (우) 420-822
전화 § 032-656-4452 팩스 § 032-656-4453
http://www.chungeoram.com
E-mail § chungeoram@chungeoram.com

© 김광수, 2010

ISBN 978-89-251-2586-2 04810
ISBN 978-89-251-2164-2 (세트)

마계공대연대기

연 대 기

30

[완결]

김광수 퓨전 판타지 소설

FUSION FANTASTIC STORY

Darkness Duke Chronicle

청람

Contents

Chapter 426

순수한 힘이 가장 강한 힘이다

마계
대공
연대기

'가장 순수한 힘이 가장 강한 힘이었어……!'

이제야 알 것 같았다.

진정한 고대 마법 주문어가 무엇을 의미하는지.

'대자연이었어, 고대 마법 주문어는 대자연 그 자체야.'

하나가 열리자 둘과 셋이 연달아 깨달아졌다.

신들이 인간에게 허락했던 힘은 자연에서 태어난 인간이 그대로의 자연의 힘을 사용할 수 있는 능력을 부여한 것.

크아아아아아아앙!

머릿속에서 한 마리 호랑이가 포효를 했다.

고대 마법 주문어의 진정한 힘을 깨닫자 대자연을 보고 선인들이 저술했던 장백검술의 오의를 알게 되었다.

휘이익.

몸이 대전의 중앙 허공으로 이동되었다.

물 흐르듯 자연스럽게 한 줄기 바람처럼 떠가는 몸의 느낌.

"하아……."

너무나 기분 좋았다.

몸에 아무것도 걸치지 않고 그 자체로 대기의 기운과 하나 된 느낌.

신선들의 우화등선이 이런 느낌이던가.

스륵, 스륵.

손이 너울너울 움직이기 시작했다.

휘리, 휘리리, 휘리리리.

발도 저절로 휘저어졌다.

스르륵.

눈이 감겨졌다.

그리고 천천히 춤을 추기 시작했다.

도사 할배들이 어울려 추었던 선무도하도.

그분들의 대자연과 하나 된 호흡과 몸에서 울려 퍼지던 기의 가락을 이제 모두 알 것 같았다.

'모두 다 하나다. 결코 둘이 아닌 하나… 내가 바로 대자연이다.'

스륵, 사락, 스륵, 사락.

너울거리며 이어지는 부드러운 춤사위.

우르르르르르르르르.

단전이 열리고 기경팔맥을 비롯하여 온 세맥들이 개방되어 대자연의 기와 완벽하게 소통되었다.

너와 나라는 구분이 없기에 내 것도 네 것도 없는 상태.

단전에 아직 남아 있던 마족들의 응축된 기가 모두 녹았다.

그리고 사라졌다.

대자연 자체가 바로 나였기에 굳이 내 안에서 머물 필요가 없었다.

파지지직, 파지지직.

이계에 넘어올 때 묘한 힘을 선사했던 벼락 대신의 기운이 방출되었다.

마음만 먹으면 언제나 하나가 될 수 있기에 벼락의 기운도 대기에 스며 사라졌다.

스스스스스스스.

억지로 단전과 세맥에 모여 있던 내공이라 불리던 대자연의 기운들도 본래의 자리로 환원되었다.

'물······.'

촤라라라라랑.

물을 생각하자 손끝에 맺히는 작은 알갱이들.

'불······.'

화르르르르르.

어느새 알갱이들이 사라지고 붉은 화염이 넘실거리며 손
가락 끝에서 춤을 추었다.

'바람……'

휘이이잉.

옷자락과 얼굴을 간질이는 바람의 힘.

'대지!'

넉넉한 대지의 기운이 발밑에서 솟구쳐 나를 품어주었다.

어머니의 마음처럼 완벽하게 나를 이해해 주는 대지의 기
운.

그 안에서 말할 수 없는 평안함을 느꼈다.

'그리고 나무~'

천간의 우두머리며 모든 생명의 시작이고 대자연의 기운
을 이끌어가는 우두머리 기운.

<u>스스스슷.</u>

내 몸을 타고 흐르는 생명의 기운들이 꿈틀거렸다.

몸을 구성하고 있는 물과 불과 바람과 대지와 나무.

그토록 깨달음을 찾았건만 결국은 나 자신 속에 있었다.

희망의 파랑새가 자기 집 처마에 있음도 모르고 세상을 방
황하는 어리석은 이처럼 내가 그러했다.

"내가 세상이고 세상이 곧 나다!"

쿠우우웅!

세상을 향한 광오한 포효.

세상을 파멸하겠다는 마황이 아니었다.

진정 강한 자는 파멸이 아니라 무엇을 창조하며 살려내는 이.

스윽.

손을 뻗었다.

피이잉.

그 순간 권좌에 있던 소울 가드와 검이 나에게 날아왔다.

파아아아앗!

온통 검은 소울 가드가 빛을 뿜어냈다.

처저저저저정.

그리고 눈 깜짝할 사이에 아공간에서 소환된 소울 가드처럼 내 몸 위로 결합되었다.

처럭!

손에 검이 잡혔다.

쇠로 만들었건만 아무런 무게감이 느껴지지 않는 소울 가드와 검.

"모든 것은… 내 뜻대로."

여의(如意).

부수고 싶으면 부술 수 있고 살리고 싶으면 살릴 수 있는 광대한 능력의 영역.

신은 아니지만 인간이 가질 수 있는 최대한의 힘을 사용할 수 있음을 알 수 있었다.

"마황… 이제 당신의 세상은 끝났다."

환수령의 고대 인간들이 신들의 전쟁에 참전했던 비밀의 유물들 사이에서 난 새로 태어났다.

지금껏 알지 못했던 고대 마법 주문어의 완전한 해독과 활용.

더 이상 날 막을 자는 없었다.

운명을 주관하시는 신들이 아닌 이상 창조된 피조물들 중에서 나만큼 강한 이는 없을 것이리라.

쿠라라라라라라라라라!

어느새 내 주변에 날아와 날개를 퍼덕이며 날고 있는 카벨리온.

나를 경배의 눈동자로 바라보았다.

진정한 자신의 주인으로 인정하고 있었다.

"타… 타겐."

"마셔……."

"안, 안 돼요. 당신의 피는… 곧 힘이잖아요."

"당신에게 주는 마지막 선물이야."

"……."

그 어떤 검이나 힘으로도 마황의 육신에 거의 상처를 줄 수 없었다.

마신의 권능으로 보호되는 마황의 육체.

그런 마황의 손이 길게 베어지며 붉은 피가 뚝뚝 흘러내렸다.

그리고 황금 잔에 가득 따라졌다.

"마, 마시지 않을 거예요."

마황의 육신이 혼자만의 것이 아니라 마신의 것도 된다는 것을 알고 있는 레비요르 황녀.

만약 자신이 마황의 피를 마시면 그만큼 마황은 마신께 고통당하며 힘이 감소된다는 것을 알고 있었다.

"그럼 세를리아가 죽어. 그리고 천족들도 모조리 죽여 버릴 거야."

마시지 않겠다는 레비요르 황녀의 말에 담담하게 딸과 천족을 모조리 죽이겠다 말하는 마황.

"흐윽……."

육신의 고통보다 마음으로 당하는 상처가 큰 황녀가 눈물을 흘렸다.

"마셔."

그런 레비요르 황녀에게 황금 잔을 건네는 마황.

"차라리… 제가 신의 품으로 가겠습니다."

"그래? 그럼 천족뿐만 아니라 환수족, 그리고 중간계의 모든 종족들도 싸그리 쓸어버릴 거야."

전혀 황녀의 말이 통하지 않는 마황.

한 번 뱉은 말은 지켜야 하는 마황이었다.

부르르르.

몸을 떠는 레비요르 황녀.

"당신……."

"결정해. 내 피를 마실 것인지 아니면 세상의 멸망과 함께할 것인지."

또로록, 또로록.

눈물을 하염없이 흘리며 마황을 바라보는 황녀 레비요르.

'사랑해요. 당신의 그 한없는 사랑을 저에게만 말고 세상을 향해서도 열어주세요.'

알고 있었다.

마황이 자신을 진심으로 걱정하기에 이런 짓을 하고 있다는 사실을.

"마실게요."

"한 방울도 남기지 마."

파르르. 떨리는 손으로 황금 잔을 잡아드는 레비요르.

자신을 목숨처럼 사랑하지만 마신이 정한 율법을 벗어날 수 없는 운명에 괴로워하는 마황.

꿀꺽꿀꺽.

붉은 피를 들이켰다.

한 방울도 남기지 않고 마황의 사랑을 완벽하게 받아들였다.

챙그랑.

피를 다 마시는 순간 갑자기 온몸의 힘이 쭈욱 빠지는 레비요르 황녀.

당황한 눈으로 마황을 보았다.

"한숨 자고 있어. 그러면 모두 끝나 있을 거야……."

파르르르르.

마황의 조용한 속삭임에 눈동자를 가늘게 떠는 황녀.

스르르륵.

그대로 침대 위에 쓰러졌다.

"마황의 피를 마시면 천족인 그대는 잠을 잘 수밖에 없다. 내가 깨워주는 그날까지."

황녀 레비요르가 천신의 가피를 사용하여 인간 놈을 살려줄 줄은 몰랐다.

자신의 생명까지 바쳐 놈을 구할 거라 전혀 짐작하지 못했던 마황 칼바르혼 아마리우스.

차라리 잘되었다 생각했다.

직접 보고 괴로워 죽을 수도 있는 마황의 행보.

이대로 잠을 자고 일어난다면 마신의 뜻대로 차원은 일통되어 있을 것이리라.

"레비요르, 당신은 모르고 있다. 100년의 맹약의 마지막 날은 그대와 나의 계산법이 다르다는 것을……. 마신 축제 기간의 마지막 날에 나의 맹약은 끝이 난다."

자신의 야심을 막기 위하여 레비요르 황녀가 나름 계획적으로 맹약으로 옭아매었음을 마황이 모를 리가 없었다.

알고도 응해주었다.

바보처럼 착한 레비요르 황녀가 말한 맹약의 마지막 날이 마황을 뽑는 마신 축제 마지막 날은 포함되어 있지 않음을, 마황은 알고 있었던 것이다.

"카르얀, 살아서 어디로 도망을 쳤더냐? 후후후."

인간 주제에 놀랍게도 고대 마법 주문어 다섯 자를 조합해서 사용했던 카르얀.

놈의 능력은 대단하였지만 딱 거기까지였다.

마신의 권능은 그런 허접한 고대 마법 주문어의 조합 따위로는 어찌할 수 없는 강력한 힘이라는 사실을 말이다.

"대, 대단해! 저들이 모두 환수라니!"

쿠리리리리리!

카루루루루루루룰.

키루, 키루, 키루루루.

대초원을 가로지르는 버팔로 떼나 얼룩말 무리처럼 한 무리를 이루며 낮은 풀들과 화려한 야생화가 지천에 핀 초원을 가로지르는 일단의 환수들.

환수족이나 소환사들이 소환했던 환수들이 간간이 보였지만 대부분 처음 보는 엄청난 숫자의 환수들이 초원 곳곳에서 노닐고 있었다.

쿠라라라라라라라라라라라라라!

그때 나를 태우고 날고 있던 카벨리온이 우렁찬 울음을 터 뜨렸다.

터더더덕.

그러사 놀랍세도 각종 환수들이 하던 짓을 멈추고 고개를 숙이거나 앞발을 땅에 대며 예를 표하였다.

일반 동물들과 달리 지능이 뛰어난 환수들.

자신들의 지배자가 나타나자 꼬리를 말았다.

휘이이익, 휘이이이이익.

하얀 날개를 활짝 펴고 창공을 활공하는 카벨리온.

환수의 제황다운 왕깡패의 모습 그대로였다.

"가자! 카벨리온!"

이제 나도 이동 마법을 펼칠 수 있었다.

하지만 문제는 이곳 좌표와 마계 좌표를 전혀 모른다는 것.

제아무리 고대 마법 주문어를 완벽하게 마스터했다지만 자칫 차원의 미아가 될 수 있는 짓은 사양하고 싶었다.

거기에 마신 축제 기간까지 시간이 상당히 남았기에 환수 령과 환수계를 지나쳐 가고 싶었다.

'바람에 흩날리는 꽃비 라유리아… 기다려. 내가 갈게.'

정말 고마웠던 환수족 소녀.

그녀가 아니었다면 환수계에서 굶어 죽거나 마수나 마물 의 밥이 되어 있을 수 있었다.

더욱이 환수 전사들이 나를 죽이려 할 때 적극적으로 보호
하며 탈출시켜 주었던 고맙고 순수한 아름다운 그녀의 모습.

파락, 파라라락.

카벨리온의 날개가 활짝 편 채로 힘차게 퍼덕였다.

저 멀리 보이는 환수령의 경계를 넘어 라유리아가 있는 환
수계를 향하여.

Chapter 427

그녀와 영혼을 같이 하는 자

마계
대공
연 대 기

"11군단장 카르얀이 아직 돌아오지 않았다고?"

"그러하옵니다, 천황 폐하. 13군단에서 정찰한 정보에 의하면 카르얀 군단장이 마왕 급의 인물과 전투를 벌인 이후로 군단에 돌아오지 않고 있다 하옵니다."

"아직이라니……."

"자세히는 파악하지 못했지만 11군단도 그 이후로 쥐 죽은 듯이 조용하다 하옵니다."

천황성과 천계의 주인인 천황 라키트리아의 얼굴에 당혹함이 떠올랐다.

마황을 막겠다고 큰소리쳤던 카르얀의 실종 소식.

믿지는 않았다.

카르얀 군단장이 인간치고는 무지막지하게 강하여 천족 13군단장과 여러 최상급 천족들을 제압할 수 있었지만 마황에게는 어림없다는 사실을 천황은 알고 있었다.

자신이 감춰진 신의 검까지 사용해도 승리를 장담할 수 없는 마황.

그런 마황을 막겠다는 인간 카르얀의 말에 놀랍게도 신뢰가 갔기에 보내주고 약속까지 하였다.

"아바마마! 마황이 무서워서 도망친 것이 분명합니다! 처음부터 소자는 그 인간 놈을 믿지 않았습니다."

천황의 권좌 아래에 위치한 자신의 의자에서 역시 그러면 그렇지라는 표정을 짓고 있는 황태자 샤르칸트.

"음......"

황태자의 말에 신음을 흘리는 천황.

사실 대책이 없었다.

마황이 재림하여 마족들을 이끌고 천계에 쳐들어온다면 막을 자가 없었다.

자신이야 어찌 버틸 수 있다지만 다른 천족들은 마왕과 마족들의 투기를 감당 못하고 패배할 것이 분명했다.

'도망칠 정도로 나약하지 않는 자였다. 그런데… 갑작스럽게 행방불명이라니.'

마신 축제 기간이 얼마 남아 있지 않았다.

그리고 천신의 방패가 새로이 태어날 날도 머지않았다.

그런데 마족들 중에서 그나마 믿을 만했던 11군단장이 사라졌다.

"모든 군단에 최고 경계령을 하달하라. 오늘부터 모든 대외 활동을 사세하고 마법 방어진을 가동하여 마족들의 공격에 대비하라!"

"추우웅!"

내려지는 천황의 명령.

더 이상 믿을 존재도 없거니와 시간이 촉박해지자 결단을 내렸다.

마황의 재림과 마족들의 공격.

점점 피할 수 없는 미래가 되어가고 있었다.

'마력이 다르네?

두우웅.

카벨리온을 타고 환수령과 환수계의 경계를 넘어갔다.

놀랍게도 환수령과 환수계는 강력한 마력의 결계에 의하여 보호되고 있었다.

과거의 나였다면 어찌하지 못할 정도로 결계는 강력했다.

그러나 나와 카벨리온은 두웅거리는 둔탁한 충격파를 느끼며 돌파했다.

나뿐만 아니라 카벨리온도 이 정도는 견딜 수 있는 것 같왔다.

'카벨리온도 강해졌다. 마치 그사이 몇 달이 지난 것처럼.'

카벨리온을 보면 이해가 가지 않았다.

처음 내가 소환할 당시에는 아주 어린 강아지 정도로 느껴졌건만 만날 때마다 점점 더 커져서 이제는 마황이 소환하는 카벨리온 못지않았다.

성장의 마약을 상습 복용하지 않았나 의심할 정도였다.

스스스스.

'마력이 무거워졌다.'

환수령의 마나는 다른 그 어떤 곳과도 달리 가볍고 상쾌했으며 정제되어 있었다.

가장 깔끔한 마력이라 할 수 있는 천계보다 더 순수하고 청량했던 환수령의 마력.

마계보다 더 묵직한 환수계의 마력과는 확연하게 차이가 났다.

쉬이이이이익.

환수령을 벗어나고도 지치지 않는 듯 빠르게 날개를 펄럭이는 카벨리온.

벌써 마계 시간으로 하루 정도를 날아왔건만 전혀 지친 기색이 없었다.

'숲을 보니 반갑네.'

환수령과 환수계의 환경도 달랐다.

초원과 샛강, 그리고 작은 산이 대부분이었던 환수령과 달리 초원은 존재했지만 거대한 산과 울창한 숲이 자리 잡은 환수계.

꼬로로록.

아무리 고대 마법 주문어를 모두 깨닫고 엄청나게 강해졌다 하나 인간 육신의 한계는 벗어날 수 없는 것 같았다.

한참을 굶었다고 요란하게 소리 내는 배꼽시계.

'이곳에도 주르아 꿀물이 있겠지? 그리고… 사이다 맛이 나는 사루쿠르와 땅콩 쿠키 맛이 나는 야루트에… 빵 맛이 나는 오데롱까지.'

라유리아가 가르쳐 주었던 환수계의 맛있는 열매들.

마황을 때려잡고 싶어도 먹어야 힘을 쓸 수 있는 법.

"카벨리온! 저기 숲으로!"

쿠라라라라.

저 멀리 보이는 울창한 밀림 지대.

라유리아에게 배운 생존방식을 생각하며 밀림으로 향했다.

'조금만 기다려, 라유리아.'

이제 곧 볼 수 있는 라유리아.

나를 구해줬다 하나 환수족들이 그리 난폭하지 않고 하룬의 축복 일족의 어머니가 현명하였기에 별문제는 없을 것.

휘이이이익.

기분 좋은 바람이 얼굴을 간질이며 사라졌다.

오랜만에 찾아온 환수계가 나를 열렬히 환영하고 있다고 속삭여 줬다.

타닥.

"이곳에도 없네……."

마황과 마족의 공격에 대비하여 뿌리의 어머니들이 모든 환수족들을 대지의 어머니 신전으로 불러들였다.

그렇게 거의 수백만에 이르는 환수족들이 뿌리의 어머니가 계신 곳 주변으로 몰려들었다.

마신 축제 기간과 마황의 재림 기간 동안만 버티면 되었기에 크게 생각하지 않았다.

환수족들은 대부분 성년이 되면 환수를 소환할 수 있기에 멀리까지 가서 먹을 것을 구하면 되었다.

하지만 지금 여기 있는 한 명의 환수족 여인은 곤경에 빠져 버렸다.

뿌리의 어머니와 가까운 대지에 자리 잡은 하룬의 축복 일족.

며칠 동안은 견딜 만했건만 시간이 흐르자 주변 밀림에서 점점 먹을 것이 떨어졌다.

언제나 넘쳐 나던 오데롱 열매가 채 익지 않았고, 달콤한 사루쿠르는 만들어지기도 전에 모두 사라졌다.

그리고 평소에는 거들떠보지도 않았던 여러 먹거리들이

없어졌다.

꼬로록.

벌써 하루 동안 제대로 먹지 못한 환수족 여인 바람에 흩날리는 꽃비 라유리아.

죄인을 구해줬다는 이유로 환수들 빼앗겼기에 나른 환수족들처럼 먹을 것을 구하러 멀리 갈 수 없었다.

"하아……."

나무 위에 앉아 배불리 공기를 마시고 뱉어내는 라유리아.

황금 머리칼에 푸른 눈동자를 소유한 그녀는 고개를 들어 하늘을 보았다.

배고픔 따위는 견딜 만했다.

그러나 이곳에 온 이후로 다른 일족의 환수족들이 그녀를 무시하고 욕을 하였다.

멍청하게 마계 군단장을 살려줘서 일족의 전사들이 명예를 잃어버렸다고 말하였다.

라유리아 책임이 아니건만 모든 원한을 그녀에게 쏟아부었다.

"카르얀……."

밀림 안에서 보이는 하늘은 그리 크지 않았다.

한 덩이 구름이 떠가고 있었다.

활짝 웃고 있는 업어 타고 온 자 카르얀을 닮은 구름.

"보고 싶어……."

외롭고 지친 이 순간에 더욱 그리운 카르얀.

오늘도 대지의 어머니께서는 그녀의 소원을 들어주지 않으실 것 같았다.

"멍청하긴!"

"흥! 아직도 그 인간 마족 놈 생각이더냐!"

"환수족의 명예를 더럽힌 년!"

"마족을 데려온 자!"

"앗!"

환수족에게 있어 환수는 힘의 원천.

아르바트를 빼앗기고 요 며칠 제대로 먹지 못하여 기가 꺾여 있던 라유리아의 귀에 들려오는 분노에 찬 외침.

"오늘 우리 칼날 위의 바위 일족이 너에게 죄를 묻겠다!"

"얼굴을 못 들고 다니도록 머리칼을 자르고 얼굴에 상처를 내주겠어!"

환수족은 본래 악하지 않았다.

그러나 환수족 일족들 중에서도 척박한 땅에 사는 일족은 성격이 거친 이들도 있었다.

지금 라유리아를 잡아먹을 듯 노려보는 칼날 위의 바위 일족처럼 말이다.

"왜, 왜들 그러나요……. 카르얀은 그런 나쁜 인간이 아니에요."

위협 속에서도 카르얀을 옹호하는 라유리아.

투두둑.

참고 있던 서러움의 눈물이 주루룩 흘러내렸다.

자신에게 쏟아지는 미움과 구박은 감당할 수 있었다.

그러나 영혼의 숨결을 같이 하는 자 카르얀에 대해서 험한 말을 하면 심장이 용서치 않았다.

"쯧쯧. 하룬의 축복 일족들이 약하다 하더니 딱 그렇네."

"마족 놈을 아직도 잊지 못하고 눈물을 보이다니! 넌 환수족이 될 자격이 없어!"

"차라리 자결하여 대지의 어머니와 모든 일족의 어머니께 속죄하라! 네년이 살려준 마족 때문에 환수 전사들이 용기를 잃어버렸다!"

키라라라라라.

쿠루루루루루루루!

다섯 명의 칼날 위의 바위 일족이 타고 온 사나워 보이는 환수들이 나무 아래에서 으르렁거렸다.

명령만 내려진다면 라유리아를 공격할 태세.

"저는 아직 어머니께 돌아갈 수 없어요! 내 영혼의 숨결을 같이 하는 자를 만나기 전까지는 절대로!"

주먹을 움켜쥐고 나무 위에서 일어나는 바람에 흩날리는 꽃비.

전사 자격을 잃어버렸기에 환수뿐만 아니라 환수족을 상징하는 활과 검까지 빼앗겼다.

그렇기에 지금 가지고 있는 무기라고는 아이들이나 사용하는 작은 단검 한 자루가 고작이었다.

그럼에도 다른 환수족들의 폭언에 의연하게 대처하는 라유리아.

한없이 약해 보였지만 카르얀이라는 이름 앞에서 강해졌다.

"신의 품으로 우리가 인도해 줍시다."

"어차피 이년이 없어져도 하룬의 축복 일족에서는 아무 말도 못할 겁니다."

"처리합시다!"

라유리아가 단호하게 말하자 갑자기 진득한 살기를 뿌리는 칼날 위의 바위 일족.

칼날 위의 바위 일족은 환수족들 중에서 거의 유일하게 육식을 즐겨 하는 자들이었다.

일족이 거주하는 바위산에는 자연이 주는 선물보다 마수나 마물들이 많았고, 그런 환경 때문에 강해지고 거칠었다.

그렇기에 환수족 제일전사로 불리는 루페루의 마차를 꿰뚫는 자 아싱카르도 탄생할 수 있었다.

창!

"모든 것을 지켜보시는 뿌리의 어머니께서 용서치 않을 거예요!"

단검을 뽑아 들고 싸늘하게 답하는 라유리아.

이런 날이 올 줄 짐작하지 못했다.

하룬의 축복 일족 중에서도 라유리아를 못마땅하게 생각하는 이들이 있었지만 대놓고 무시하지 않았다.

그러나 다른 일족들은 아니었다.

'카르얀… 미안해.'

피를 볼 생각까지 하는 적이 된 환수속을 보면서 카르얀에게 미안하다는 생각이 들었다.

그도 분명 자신처럼 보고 싶어할 것이리라.

그런데 어머니의 품으로 돌아갈지도 모르는 상황.

하룬의 축복 일족 전사들 대부분 먹을 것이 풍부한 다른 곳으로 떠나고 없었다.

분명 알고 노리고 찾아온 이들.

피할 곳이 없었다.

"흐흐흐."

"오랜만에… 일족의 고기를 맛볼 수 있겠군."

"……!!!"

죽음을 각오하고 단검을 빼 들자 칼날 위의 바위 일족들의 표정이 변해갔다.

라유리아를 고깃덩이로 보는 그들의 마물 같은 표정.

'저, 정말이었어. 일족이 죽으면 그 몸을 나눠 먹는다는 사실이……'

뿌리의 어머니가 아니라면 결코 모일 일이 없었다.

워낙 멀리 떨어져 있고 각자의 정한 구역이 있기에 명을 받고 이동하는 환수 전사들이 아니면 마주칠 일이 없었다.

그 와중에 듣게 되었던 칼날 위의 바위 일족의 관습 하나.

일족원이 죽게 되면 그와 한 몸이 되기 위하여 모든 일족들이 죽은 자의 육신을 나눠 먹는다 하였다.

그러나 절대 관여하지 않았다.

뿌리의 어머니의 명을 따르고 스스로 자신들의 일족을 수호하기에 어느 정도의 일족 관습은 존중해 주었다.

더욱이 살아 있는 자가 아니라 죽은 자와 영혼을 공유하기 위함이라면 어느 정도 이유가 되었다.

하지만 지금은 아니었다.

같은 일족도 아닌 라유리아를 고깃덩어리로 보는 칼날 위의 바위 일족.

마족도 아니건만 탁한 눈빛에 진득하게 살기를 담고 있었다.

'아… 알려야 돼!'

이 사실을 알려줘야 했다.

자신의 죽음은 상관없지만 자칫 잘못하다가는 환수족 전체가 정신이 오염될 수 있었다.

"도망가시게?"

"흐흐흐. 환수도 없는 년이 어디를!"

쿠루, 쿠라라라라.

키루루루루루.

터더더덕.

환수들이 어느새 나무 위에 올라와 라유리아를 포위했다.

환수들은 결코 환수족들을 공격하지 못하도록 교육받았건만 지금 눈에 보이는 환수들은 아니었다.

소환자의 명에 의하여 여러 번 환수족들을 공격해 본 환수들처럼 보였다.

"아······."

사방이 포위되자 절망의 한숨을 내쉬는 라유리아.

"흐흐흐······."

"키키키."

사악한 웃음을 흘리는 칼날 위의 바위 일족.

카르르르르르······.

키루루, 키루루루.

환수들이 단단하고 굵은 나뭇가지를 타고 라유리아에게 다가왔다.

'어머니······.'

고개를 들어 뿌리의 어머니를 간절히 부르는 라유리아.

이렇게 사라지고 싶지 않았다.

영혼의 숨결을 같이 하는 자를 다시 만나기 전에는 결코 신의 품으로 갈 수 없었다.

"바룽싱, 공격해!"

"콜도코코, 목을 물어!"

환수들에게 내려지는 공격 명령.

파앗! 팟!

자리를 박차는 환수들.

'흐윽.'

눈물 흘리며 눈을 감는 라유리아.

쇄애애액.

귓가에 들리는 차가운 바람 소리.

퍼억! 퍼벅!

그리고 짧은 파열음.

카루루루…….

카욱.

쿠다다다당.

"……?"

공격하는 소리가 들렸건만 몸에 상처가 나지 않고 환수들의 비명이 들려오자 깜짝 놀라며 눈을 뜨는 라유리아.

"누, 누구냐!"

"마, 마족!"

갑자기 지상에 있던 칼날 위의 바위 일족 전사들이 라유리아의 뒤를 보고 마족이라 소리쳤다.

'마… 마족?'

마족이라는 말에 놀라 고개를 돌리는 라유리아.

그렇게 고개를 돌리자마자 익숙한, 아니, 꿈에서도 듣고 싶은 이의 달콤한 목소리가 귀에 들려왔다.

"안녕~ 바람에 흩날리는·꽃비… 나와 영혼을 같이 하는 자."

사라락.

어느새 나타났던가.

라유리아의 뒤편에 듬직하게 서 있는 채로 환하게 미소 짓고 있는 검은 머리칼에 시원한 웃음이 멋있는 인간 남자 하나가 라유리아의 흘러내린 이마 머리칼을 쓰다듬어 주었다.

"카… 카르얀!"

와락!

이곳이 어떠한 곳인지, 지금 무슨 상황인지 모두 필요없었다.

그저 눈앞에·보이는 이의 품에 힘껏 뛰어들어 안기는 라유리아.

"흑흑, 보고 싶었어… 나와 영혼을 같이 하는 이여……."

그동안 참았던 서러움과 그리움이 한꺼번에 울음으로 터져 나왔다.

"미안해. 그리고 나도 보고 싶었다."

다독다독.

라유리아의 등을 토닥거리며 다독여 주는 카르얀.

"마족 놈이 나타났다!"

검은 머리칼과 무식한 실력에 마족이라 판단한 환수 전사들.

"카, 카르얀이라면… 으아아아아아! 마계 11군단장이다!"

라유리아의 입에서 나온 카르얀이라는 말에서 마계 11군단장을 생각해 내었다.

영혼의 전장에서 환수 전사들 몇만을 살려보냈다는 마계 11군단 카르얀.

"살려줘!"

"도망쳐!!!"

터더더더더덕.

눈 깜짝할 사이에 라유리아를 공격하던 환수의 몸통을 관통한 미지의 힘.

바닥에 떨어진 환수 두 마리는 환수계로 돌아갈 시간도 없이 시체가 되었다.

그리고 살아남은 칼날 위의 바위 일족과 환수들은 꼬리를 말고 도망치고 있었다.

"라유리아, 우리 사냥 가자~"

"웅… 나의 카르얀."

그토록 보고 싶고 그리웠던 영혼을 같이 하는 자의 따뜻한 말에 어느새 방긋 미소 짓는 바람에 흩날리는 꽃비 라유리아.

자신을 죽이려는 환수족이 도망가도 신경 쓰지 않았다.

보기만 해도 듬직한 카르얀.

그가 있다면 그 어느 곳이라도 좋았다.

설사 신의 품으로 돌아가도 전혀 불만이 없었다.

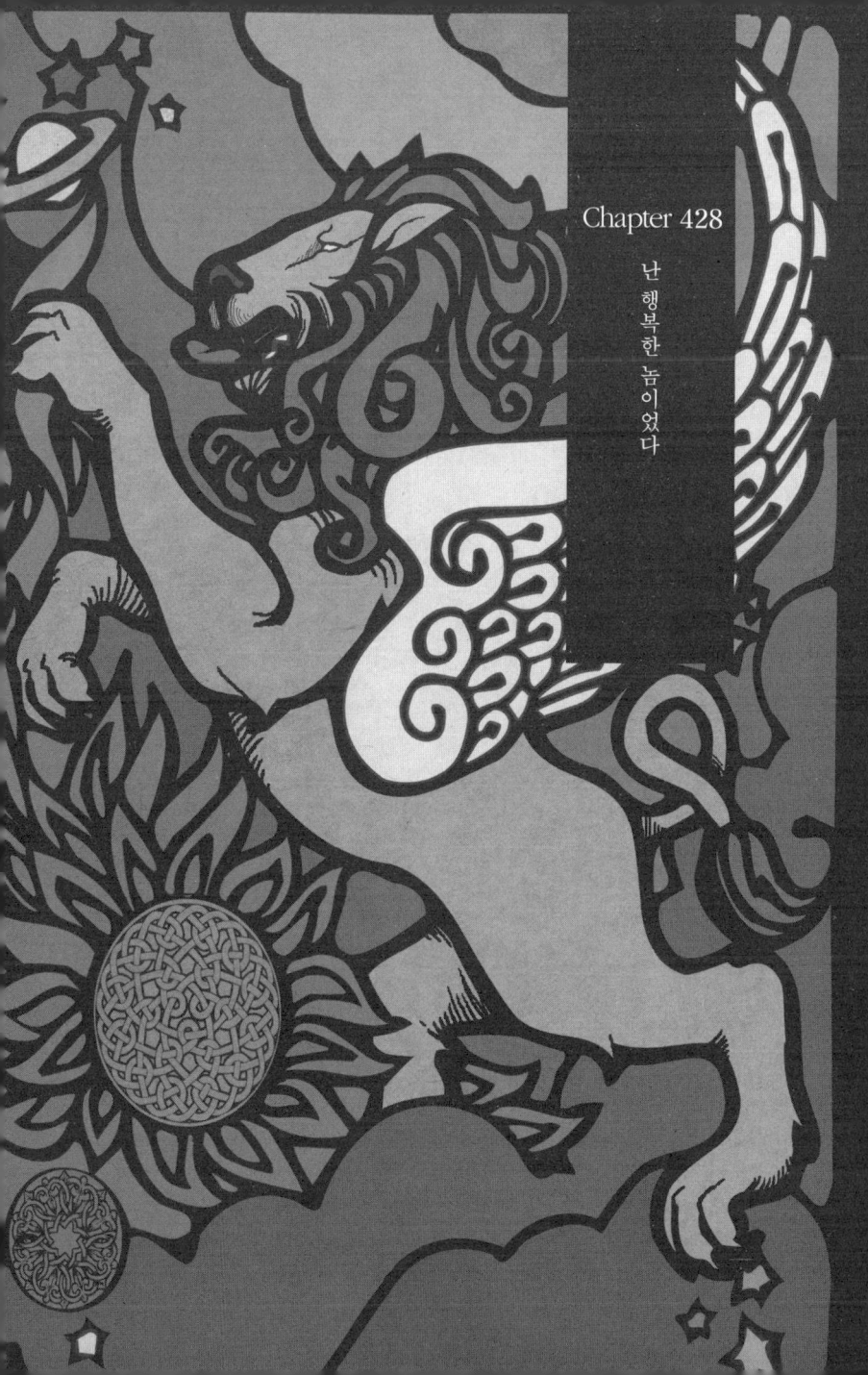

Chapter 428

난 행복한 놈이었다

마계
대공
연 대 기

"마족이 나타났다!"

삐이이이이, 삐이이이이이익.

"마계 11군단장 카르얀이 환수 전사들을 공격했다!"

"저, 전사들은 모두 어머니의 신전 앞으로 모여라!"

"마족의 공격이다!!!"

"환수를 소환하라!"

파아아앗!

쿠다다다다당.

한바탕 난리가 벌어지고 있는 대지의 어머니 신 아슈슈리
아의 대신전 앞의 대형 공터.

환수 전사들이 마족이 나타났다는 소리에 멀리 소리가 퍼지는 비상 피리를 불고 환수를 소환하며 정신없이 움직였다.

방금 숲에서 허겁지겁 돌아온 칼날 위의 바위 일족 전사들이 마계 11군단장 카르얀이 나타났다 하였다.

마족과 내통하고 있는 하룬의 축복 일족의 바람에 흩날리는 꽃비가 마족의 품에 안겨 자신들을 죽이라 명했다 하였다.

그리하여 방어하던 환수들이 두 마리나 죽고서 겨우 도망쳐 나왔다는 환수 전사들의 겁에 질린 목소리.

환수족들은 당황함에 빠졌다.

"뭣들 하느냐! 마족 하나 때문에 전사들이 이리 정신을 놓는 것이더냐!"

흙과 흙벽돌로 지어진 커다란 건물 위에서 모든 일족의 어머니인 뿌리의 어머니가 마력을 담아 호통을 쳤다.

"……."

그제야 혼란이 잦아들었다.

이곳뿐만 아니라 주변 근방에 수백만이 넘는 환수족들이 모여 있었다.

오늘과 같은 날을 대비하기 위하여 모든 환수족들이 모인 것이다.

"아싱카르!"

가죽으로 하체는 가렸지만 모든 일족의 어머니답게 가슴을 그대로 드러내 놓고 있는 뿌리의 어머니.

언제나 뿌리의 어머니를 호위하는 루페루의 마차를 꿰뚫
는 자 아싱카르를 불렀다.

"마족을 보았다는 전사들은 어디 있는가."

"어, 어머니시여! 여기 있나이다!"

칼날 위의 바위 일족 남녀 전사 다섯 명이 공손한 표정을
지으며 바닥에 부복했다.

모든 일족의 어머니들이 섬기는 뿌리의 어머니.

그녀를 공경함은 대지의 어머니와 똑같아야 함을 모든 환
수족은 알고 있었다.

"말하라, 너희들이 보았던 자가 누구라는 것을."

마족이 나타났다 하건만 전혀 두려워하지 않는 뿌리의 어
머니.

마황이 아니라면 뿌리의 어머니는 두렵지 않았다.

마황과 천황에 비하면 능력이 떨어지지만 마왕 급 정도는
처리할 수 있었다.

"어… 어머니들의 어머니이신 모든 일족들의 뿌리시여. 저
희가 방금 전 먹을 것을 구하고자 숲에 들어갔다가 마족과 접
촉하고 있던 하룬의 축복 일족의 바람에 흩날리는 꽃비를 보
았나이다."

"마족과 접촉하고 있는 하룬의 축복 일족을 보았다고? 너
희들이 어찌 바람에 흩날리는 꽃비를 알고 있는가?"

뿌리의 어머니는 바보가 아니었다.

말을 하면서도 무언가 두려워하고 감추려 하는 전사들의 표정에서 꺼림칙함을 느꼈다.

"여기 있는 대부분의 일족들은 마계 11군단장 카르얀이라는 인간을 살려준 바람에 흩날리는 꽃비를 알고 있습니다. 그렇기에⋯⋯."

"하룬의 축복 일족의 어머니는 말하라. 바람에 흩날리는 꽃비가 일족의 눈을 벗어난 적이 있는가?"

뿌리의 어머니도 알고 있는 바람에 흩날리는 꽃비에 대한 이야기.

무슨 까닭인지 하룬의 축복 일족 앞에 나타난 환수 전사 의식을 치르려다 도망쳤다는 마계 11군단장 카르얀이라는 인간과 그를 살려준 라유리아라는 일족 여인을 말이다.

"지혜와 현명함의 주재자이시며 모든 것들을 사랑하고 품어주시는 대지의 어머니의 고귀한 딸이시여, 저희 하룬의 축복 일족 바람에 흩날리는 꽃비는 소환수가 없사옵니다. 그렇기에 그리 멀지 않은 숲에 들어가 혼자 사냥하고 있사옵니다."

"그래?"

뿌리의 어머니가 알고 있는 칼날 위의 바위 일족의 행태.

예전부터 내려오는 관습이기에 상관하지 않았지만 죽은 일족의 시신을 먹는 그들이 좋게 보이지 않았다.

하지만 대대로 강한 전사를 배출하는 일족이었기에 어지

간하면 관여하지 않았다.

그러나 오늘은 이상했다.

말을 하면서도 정직하단 느낌이 들지 않았다.

더욱이 마족임을 알면서도 공격했다는 저들의 모습은 어디서 싸우고 온 사들이 아니었다.

자신의 자식과 같은 환수들이 죽었다면 용기있는 전사라면 죽을힘을 다해 전투를 치러야 했다.

"하룬의 축복 일족의 어머니로서 묻겠노라. 칼날 위의 바위 일족 전사들은 정말 바람에 흩날리는 꽃비 라유리아가 마족과 접촉하는 것을 보았느냐?"

"…그러하옵니다."

신비해 보이는 백은발 덕분에 다른 일족의 어머니보다 더 고귀하고 성스러워 보이는 하룬의 축복 일족의 어머니.

냉정한 눈길로 칼날 위의 바위 일족 전사들을 추궁하였다.

"대지의 어머니의 이름 앞에 맹세할 수 있겠는가?"

"…확실하옵니다!"

"맹세하옵니다……."

고개 숙여 눈을 피하고 답하는 일족 전사들.

"하룬의 축복 일족 어머니께서는 어찌 아이들을 가르치시는지요. 한 번도 아니고 두 번이나 마족과 내통하다니!"

보고 있던 붉은 머리칼에 가슴이 커다란 칼날 위의 바위 일족 어머니가 냉랭한 표정으로 나섰다.

"아싱카르는 전사들을 이끌고 마족의 공격에 대비하라!"

뿌리의 어머니 앞에서 대지의 어머니이자 모든 것들의 어머니 신이신 아슈슈리아의 이름을 걸고 맹세한 전사들의 말을 믿을 수밖에 없는 상황.

"뜻을 따르옵니다!"

고개 숙여 뿌리의 어머니 뜻을 받아들이는 환수족 최고의 전사 아싱카르.

고대 마법 주문어 네 자짜리 주문어가 각인된 활을 어깨에 메고 있었다.

"맛있어?"

"응~ 너무너무 맛있어~"

'정말 큰일 날 뻔했다.'

환수령을 넘어 배가 고파 환수족의 밀림으로 향하던 중 가까운 밀림이 아닌 조금 더 먼 곳으로 날아가던 카벨리온.

무슨 이유가 있을까 싶어 놔두었고, 곧 가슴을 짜르르 울리는 신호를 받았다.

텔레파시라고 말하기에는 좀 그렇지만 누군가 나를 애타게 찾는 듯한 느낌.

마음의 소리에 귀를 기울이며 진원지를 찾았다.

그리고 놀랍게도 환수 전사들에게 추궁받고 있는 라유리아를 발견했다.

그것도 라유리아를 고기로 보는 사악한 환수 전사.

마음 같아서는 그 자리에서 대갈통을 부셔 버리고 싶었지만 환수 둘만 죽음의 신께 보냈다.

'가만두지 않겠다!'

마족도 동료의 시신은 먹지 않았다.

그런 기초적인 예의를 잊어버린 환수 전사들.

그들을 보호하고자 나를 막아선다면 마황이 아니더라도 환수족에게 피의 경고를 날려줄 생각이었다.

"카르얀도 어서 먹어."

"난 많이 먹었어. 그리고 배고픈 라유리아가 얼마나 맛있게 먹는지 보는 것만으로도 배불러~"

"피이……."

며칠을 굶은 듯 야위어 있는 바람에 흩날리는 꽃비 라유리아.

장궁을 메고 숲을 활보하던 그녀의 생명감이 많이 사라져 있었다.

나로 인하여 고통받았을 것.

소환수도 없이 돌아다니는 것으로 보아 전사 자격을 박탈당한 것 같았다.

"이제 그만 갈까?"

"어, 어디를! 버, 벌써 마계로 가려고?"

가자는 말에 당황하는 라유리아.

자신을 버리고 갈까 봐 푸른 눈동자에 순간 이슬을 담았다.

'미안해…….'

나 하나 살리겠다고 일족을 배신한 환수족 여인.

언제나 황금 머리칼에 꽂고 있던 꽃이 보이지 않았다.

톡.

옆에 있던 이름 모를 야생화의 분홍 꽃을 하나 땄다.

"어디 안 가……."

그리고 울음을 잔뜩 머금고 있는 라유리아의 귀밑에 꽂아 주었다.

"예뻐. 꽃보다 더~"

"지… 지금 갈 건 아니지?"

확인받고 싶어하는 여인.

"응~ 마계로 지금은 안 가."

"고마워."

와락.

고맙다는 말과 함께 또다시 품에 안겨오는 바람에 흩날리는 꽃비.

엄마 품을 찾는 어린아이처럼 내 품 안에서 혼자 있지 않음을 확인하려 하였다.

"그런데 이곳에 왜 온 거야? 하룬의 축복 일족 영역이 아니잖아?"

라유리아와 손을 잡고 거침없이 나무 위를 날아 먹을 것이

풍부한 숲에 들어왔다.

그리고 배고픈 나와 라유리아는 예전처럼 주르아의 꿀물을 마시고, 오데롱의 빵 맛을 느끼며 숲 속의 사냥꾼이 되었다.

긴말은 하지 않았다.

그저 보기만 해도 서로 웃음 지으며 지난 세월의 그리움을 날렸다.

"카르얀과 마황 때문이야."

"나?"

"응. 영혼의 전장에서 얼마 전에 돌아온 전사들이 카르얀이 일족 전사들이 상대할 수 없는 강자가 되었다며 기가 죽어서 돌아왔어. 그리고 얼마 후에 뿌리의 어머니께서 마황이 재림할 수 있다며 모든 일족들을 어머니 신의 신전이 있는 이곳으로 모이라 하셨어."

"그랬구나……."

"이제 돌아가. 카르얀이 강하다 하나 일족의 어머니와 모든 전사들, 특히 뿌리의 어머니는 진짜 강하셔!"

갑자기 이곳이 어떤 곳인지 생각난 듯 돌아가라 하는 라유리아.

인간들과 달리 진정으로 온 마음을 다해 나를 걱정해 줌이 알알이 전달되어 왔다.

"내가 그렇게 걱정돼? 나 강해졌어~ 그것도 천족 13군단

군단장과 최상급 천족들을 물어뜯었어~"

"그래도… 내 눈에는 처음 모습 그대로야. 내가 없으면 밥을 굶을 것 같고 마수에 쫓겨 사방을 헤맬 것 같단 말이야."

'하아… 라유리아.'

가슴이 벅차다는 말은 이럴 때 쓰는 것 같았다.

나를 이리도 깊게 사랑해 주는 라유리아.

스윽.

오른손을 뻗어 그녀의 보드라운 얼굴을 매만졌다.

거부하지 않는 그녀.

"이제부터 내가 지켜줄게."

반짝반짝.

지켜준다는 말에 푸른 눈동자로 나를 보는 라유리아.

쪽.

그녀와 헤어질 때 나누었던 작은 입맞춤.

라유리아의 이마에 내 흔적을 남겼다.

"카벨리온!"

쿠라라라라라라라!

힘찬 울음을 토하며 나타나는 카벨리온.

'고마운 녀석~'

카벨리온 덕분에 내 소중한 이를 지킬 수 있었다.

"라유리아, 환수는 못 찾는 거야?"

"그게… 어머니께서 팔찌를 거두어가셨어."

"걱정 마. 내가 불러줄게."

"정말?"

"그럼~ 카벨리온, 들었지? 어서 가서 아르바트라 불리는 이 멋진 아가씨의 환수 좀 찾아와 줘~"

크라라라라라.

쿵쿵.

라유리아의 냄새를 코로 잠깐 맡았다.

파앗.

금세 사라지는 카벨리온.

"달의 여신께서는 잘 계셔?"

"달의 여신?"

"하룬의 축복 일족의 어머니 말야."

"웅~ 잘 계셔. 요즘 나 때문에 고민이 많지만……."

아직 잊을 수 없는 성스러운 달맞이꽃 같던 하룬의 축복 일족의 어머니.

그녀도 나 때문에 고역 좀 치렀을 것이리라.

쿠라라라라라라.

파아앗.

크아아아아아아앙!

'벌써?'

참으로 짧은 순간에 나타나는 카벨리온.

혼자가 아니라 덩치 큰 고양이를 닮은 아르바트 녀석과 함께 나타났다.

"아르바트!"

와락!

자신의 환수가 나타나자 목덜미를 힘껏 껴안는 라유리아.

"흑흑. 보고 싶었어… 정말 보고 싶었어!"

나를 그리워했던 것만큼이나 환수를 격하게 사랑해 주는 라유리아의 모습.

쿠아아아앙.

특유의 고양이 목소리를 내며 라유리아의 손길을 즐겼다.

"라유리아! 오랜만에 한번 달려보자고!"

"응!"

휘릭.

달리자는 말에 눈물을 닦아내며 아르바트 등에 올라타는 라유리아.

'귀는 당나귀 귀에 이빨은 토끼 이빨… 참 개성있어.'

라유리아의 환수 아르바트는 언제 봐도 귀여웠다.

덩치가 4미터나 되지만 내 눈에는 이웃집 야옹이 같은 아르바트.

차락.

자리를 잡은 라유리아 뒤에 올라탔다.

"달려! 아르바트!"

사라락.

카벨리온을 타고 날아갈 수 있었지만 오늘은 오랜만에 아르바트를 타고 달리고 싶었다.

　얻어 타고 온 자 카르얀.

　한 팔로 라유리아의 가느다랗고 부드러운 개미허리를 감싸 안으며 과거를 회상했나.

　지금이나 그때나 정말 난 행복한 놈이었다.

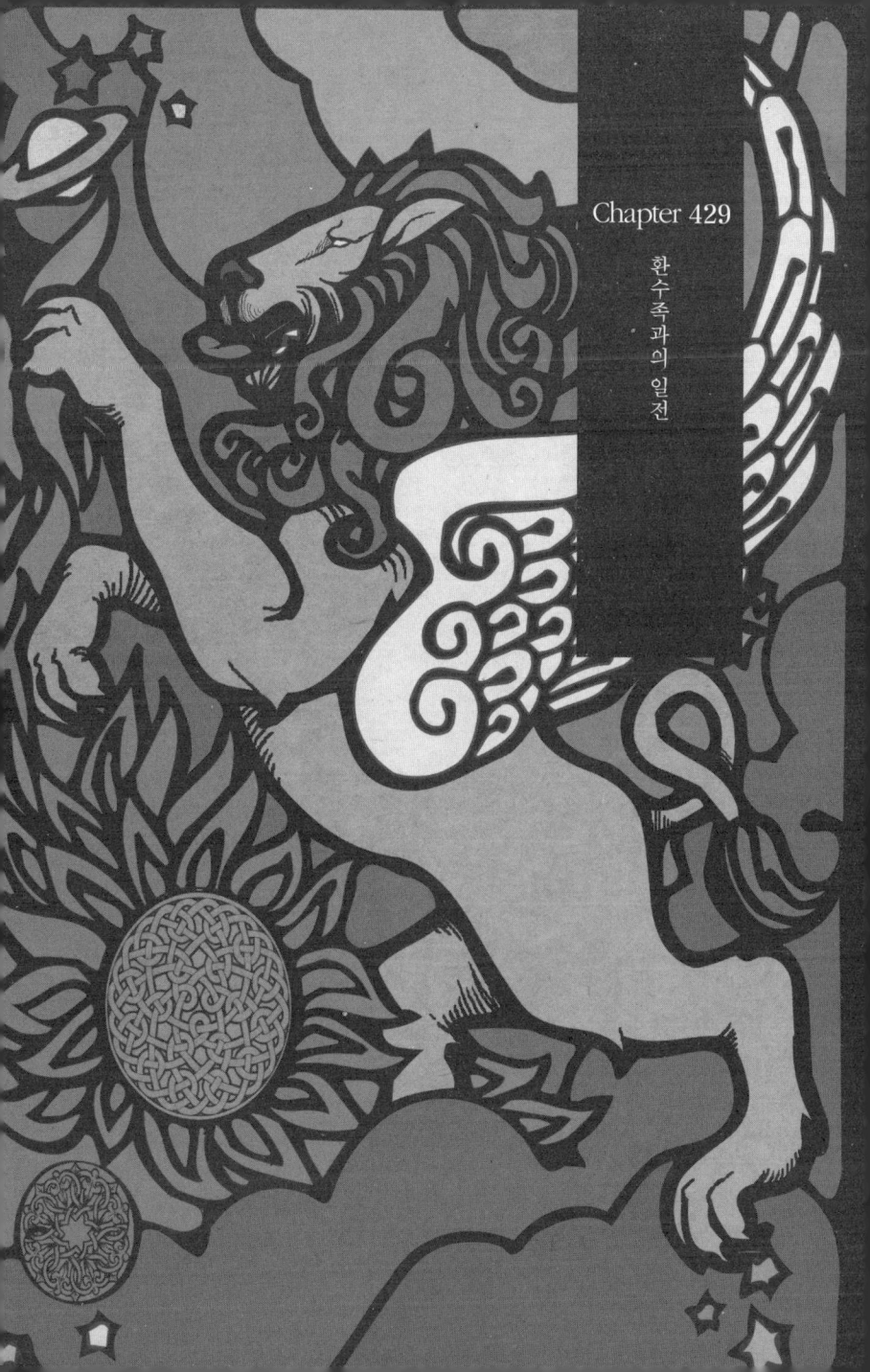

Chapter 429

환수족과의 일전

"오, 옵니다! 마족이 오고 있습니다!"

차자자장.

마족이 오고 있다는 소리에 신전 앞의 거대한 공터에 있던 환수 전사들이 화살을 재우거나 검이나 창을 들었다.

그 수가 무려 10만이 넘었다.

그것도 환수 전사들 중에서 가장 강하다는 일류 전사들만 모은 숫자.

천 년마다 한 번씩 있는 어머니 신 아슈슈리아님을 위한 대헌신일에 모이기 위하여 언제나 터를 다져 놓는 신전의 대공터.

다른 신들처럼 신전이 크지 않았다.

대지의 신으로 모든 것들의 어머니 신으로 불리는 아슈슈리아는 화려하게 대접받는 것을 원하지 않았다.

언제나 함께 하고 있음을 말하기 위하여 거대한 흙과 흙벽돌로 건축된 평범한 건물 한 채가 신전의 전부였다.

그 신전의 높은 단상 위.

뿌리의 어머니가 젖가슴을 드러낸 채 홀연히 서 있었다.

뒤편으로 수백 명이 넘어가는 일족의 어머니들이 줄지어서 있었고, 그 앞으로는 환수 전사들이 눈을 흉흉하게 빛내며 적을 기다렸다.

그리고 10만이 넘는 전사들이 포진한 채 대기하였다.

중앙의 통로를 남겨두고 저 밀림 숲에서 신나게 달려오는 검은빛이 살짝 감도는 밝은 회색 환수.

살벌한 분위기에서도 기죽지 않고 덜컥덜컥 대지를 박차며 환수족을 향해 돌진해 왔다.

"……?"

"마족은 어디에……."

환수를 타고 오는 이는 하룬의 축복 일족의 라유리아.

그녀가 저지른 일 때문에 이곳에 모인 상당수가 라유리아의 얼굴을 알고 있었다.

"헉! 저, 저기에……."

"세상에, 마족이 뒤편에 앉아 있다니."

"정말 마족이 맞는 거야?"

환수족 전사들의 입에서 놀라는 목소리가 흘러나왔다.

자존심이 가장 강한 마족.

죽음도 두려워하지 않는 마족이 치욕스럽게 환수족, 그것도 선사노 아닌 일개 여인이 모는 환수 뒷자리에 앉아 있었다.

"얻어 타고 온 자……."

"여전하네."

환수 전사들 중에서 얻어 타고 온 자를 알고 있는 하룬의 축복 일족 몇몇 전사가 어이없는 표정을 지었다.

덜컥덜컥덜컥.

육중한 몸을 이끌고 잘도 뛰어 어느새 환수 전사들이 만들어놓은 중앙 통로를 달려가는 환수.

"멈춰라!"

앞을 막아서는 환수족 최고 전사 집단.

그 숫자는 100을 넘지 않았지만 어지간한 마계 마족들보다 강해 보였다.

그러나 실질적으로 환수족의 실력자들은 뿌리의 어머니를 비롯하여 일족의 어머니라 불리는 존재들.

대부분 고대 마법 주문어 네 자가 각인된 무기를 사용할 수 있었다.

지금도 활과 검으로 무장한 일족의 어머니들은 싸늘한 표정으로 자신들 앞에 멈춰 선 환수와 그 위에 타고 있는 이들을 노려보았다.

"아르바트, 고마워."

쿠아앙.

일족의 어머니들 앞에서 당당한 하룬의 축복 일족의 여인.

파앗.

환수를 쓰다듬어 주자 환수가 귀여운 울음소리를 내며 환수령으로 사라졌다.

"지혜와 자비의 대리자이신 뿌리의 어머니와 일족의 어머니들을 뵈옵니다."

환수가 사라지자 뿌리의 어머니와 일족의 어머니들 앞에 무릎 꿇는 라유리아.

"이거 환영식이 성대합니다그려. 하하하."

환수족 여인과 달리 뒷짐을 진 채 자신을 노려보는 환수족들을 바라보며 상쾌한 웃음을 터뜨리는 인간 마족.

"여기서 또 뵙소이다, 울크라토 전사."

뿌리의 어머니 앞을 막아선 최고 전사 집단에서 분노의 벼락 전사 울크라토를 보고 아는 체를 하는 자.

안하무인이었다.

"이분은… 예전에 내 얘기도 듣지 않고 몰아세우던 환수 전사구려."

위대한 검의 정복자 테르포포를 보며 인상을 찡그리는 인간 마족.

"무엄한 놈! 감히 어머니 신의 명을 받아 모든 환수족을 다스리시는 뿌리의 어머니와 일족의 어머니들 앞에서 경망스럽게 행동하다니! 마족이라고 모두 용서되는 줄 아느냐!"

환수 전사들 중에서 가장 강한 무페루의 마차를 꿰뚫는 사아싱카르가 눈을 부라리며 분노를 토했다.

"마족인 내가 어째서?"

싱긋 웃으며 되려 묻는 카르얀이라는 마족.

무기도 없건만 전혀 주눅 들어 있지 않았다.

"이곳이 어딘 줄 아느냐! 이곳은……."

"저분이 환수족 대장이신가? 하하. 반갑소이다. 마계 11군 단장 최상급 마족 카르얀이라 하오."

아싱카르의 말을 딱 자르고 뿌리의 어머니에게 인사하는 카르얀.

"이놈을!"

이마에 힘줄이 튀어나온 아싱카르.

"일족의 전사들은 내 허락 없이 움직이지 말라!"

"명!"

처적.

앞으로 튀어나오려다 다시 자세를 잡는 환수족 최고 전사들.

"마족보다 더 겁이 없는 인간이로구나."

백발의 여인 뿌리의 어머니가 인간을 향해 마족보다 더 겁이 없다 말했다.

"그 점은 마황도 인정하는 바였소."

"마황!!!"

"헛!"

마황이라는 말이 튀어나오자 환수족 모두 놀라워했다.

"마, 마황을 만났단 말인가!"

"그렇소."

"어디서 만났느냐! 아직도 마신의 축복이 임하여 있더냐!"

뿌리의 어머니가 체통도 잊고 질문을 날렸다.

마족이라면 묻지 않겠지만 눈앞의 마족은 인간이었다.

"아주 팔팔하더이다. 마신의 권능을 사용하여 잘살고 있소."

"아……."

"마황이……."

잘살고 있다는 말에 뿌리의 어머니와 모든 환수족들의 표정이 굳어갔다.

마황이라는 이름만 들어도 주눅이 드는 환수 전사들.

"내가 뿌리의 어머니에게 한 가지 부탁도 있고, 마물보다 못한 전사 놈들을 그냥 보고 갈 수 없어 찾아왔소이다."

환수족들의 반응에 상관없이 자기 할 말을 꺼내는 인간 마족 카르얀.

"그게 무슨 헛소리냐! 부탁과 마물보다 못한 전사들이라니!"

화딱지가 나는 듯 아싱카르가 버럭 소리치며 물었다.

"라유리아, 조금 전에 있었던 일을 말씀드려."

"네……."

마족의 말에 고개를 들어 뿌리의 어머니를 바라보는 바람에 흩날리는 꽃비.

"지혜의 존재이시자 저의 어머니의 어머니이신 뿌리의 어머니시여. 감히 어머니 신께서 정하신 일족을 뿌리까지 사랑하라는 율법을 어기고 저를 죽이고 육신을 먹으려고 한 일족을 고발하겠나이다."

"헛… 뭐, 뭐라고? 널 자, 잡아먹으려 했다고……!"

마황이라는 말에 침묵하던 뿌리의 어머니의 입에서 경악의 소리가 흘러나왔다.

"내가 중인이외다. 하룬의 축복 일족인 바람에 흩날리는 꽃비를 찾아와 잡아먹으려고 한 칼날 위의 바위 일족 전사들은 어서 이리 나오라!"

쿠구구궁.

마력이 담겨 있는 마족의 외침.

"카, 칼날 위의 바위 일족……."

"……."

환수 전사들의 시선이 칼날 위의 바위 일족에게 향했다.

"거짓말이다! 우리는 절대 그러지 않았다!"

"어, 어머니시여! 마족의 말을 믿지 말아주시옵소서! 저 일족 여인은 지금 어머니께 거짓을 고하고 있나이다!"

칼날 위의 바위 일족들 중에서 마족이 나타났다 고했던 다섯 명의 전사들이 당황하며 입을 열었다.

"야! 이 마족만도 못한 환수 전사 새끼야? 너희들이 그러고도 낯짝 들고 살 수 있어? 아무리 어머니들이 무능해 배가 고파도 그렇지 힘없는 여인을 잡아먹으려고 해? 콱! 이리 안 튀어나와!"

휘이이이이이잉.

거친 말과 함께 폭풍처럼 이는 엄청난 마력.

"네 이놈! 더러운 마족 놈이 내 일족을 모욕하다니! 널 용서치 않겠다!"

자신의 일족이 모욕을 받자 참지 못하고 손가락으로 결투를 신청하는 환수족 최고의 전사 아싱카르.

"콜!"

알아들을 수 없는 마계어가 전사들의 귀에 울려왔다.

파라라랏.

그리고 공중으로 몸을 쾌속하게 띄우는 카르얀.

"컴 온!"

아싱카르를 향해 사악한 마족어를 연속으로 사용하였다.

'여기서 들키면 끝장이다!'

칼날 위의 바위 일족은 그 수가 그리 많지 않았다.

과거에 힘이 부족하여 마수나 마물들이 무서워 험한 바위 산에 일족의 터전을 마련했다.

환수족늘은 보기보다 단결력이 약하였다.

일족의 일이나 뿌리의 어머니의 명에는 합심하였지만 타 일족의 일에는 무관심하다 할 수 있었다.

그렇기에 스스로 살아남아야 했던 칼날 위의 바위 일족.

배고픔을 잊기 위하여 고기를 먹어야 했다.

그리고 지금에는 고기를 먹지 않으면 하루도 버틸 수 없을 정도로 중독이 되어 있었다.

그뿐만 아니었다.

일족이 죽으면 그 영혼을 함께 나눈다는 관습을 내세워 환 수족의 시체도 먹어치웠다.

고기보다 더 강한 중독성.

지금에는 가끔씩 번성한 일족들끼리 잡아먹는 일까지 발 생했다.

아싱카르도 칼날 위의 바위 일족.

그뿐만 아니라 일족의 어머니도 알고 있었고, 즐겨 환수족 을 잡아먹었다.

들키지 않았지만 마물들에 의하여 죽임을 당해 실종된 환 수족들 중 상당수는 사고를 위장한 칼날 위의 바위 일족의 짓이었다.

쉬이익.

"네놈이 강하다 하나 이곳은 환수족의 대지! 결코 날 이길 수 없다! 루페루의 마차를 꿰뚫는 자 아싱카르가 너를 신성한 땅의 제물로 만들리라!"

마력을 이용하여 허공으로 몸을 날리는 아싱카르.

그의 손에 어느새 마력의 장궁이 들려 있었다.

뇌전의 바람 퓨, 관통의 바람 케, 바람의 쇠사슬 큘, 증폭의 바람 롸가 각인되어 있는 명예로운 환수 전사의 마력 장궁.

화살 없이도 마력을 담아 사용할 수 있는 아싱카르.

자신의 실력뿐만 아니라 위기에 처하면 도와줄 일족의 어머니와 뿌리의 어머니를 믿고 결투를 벌였다.

침묵하는 뿌리의 어머니.

그의 행동을 무언으로 지지하고 있었다.

'저놈도 알고 있군.'

자신의 일족이라고 편들고 나서는 태양을 상징하는 루페루의 마차를 꿰뚫는 자라 스스로 칭하는 아싱카르라는 환수 전사.

환수령에 들어가기 전이라면 상대하기 까다로운 상대가 분명했다.

하지만 지금은 사고를 치고 투정을 부리는 사악한 아새끼처럼 보였다.

끼릭.

놈과의 거리는 약 500미터.

고대 마법 주문어 네 자가 빛을 발하는 장궁의 시위를 화살도 없이 당겼다.

파아앗!

'제법인데!'

놀랍게도 시위가 당겨지자 새파란 마력 화살이 모습을 드러냈다.

과거에 나도 내공과 고대 마법 주문어를 사용하여 유형화된 기의 화살을 사용해 본 적이 있었지만 그때와 차원이 달랐다.

놈은 완벽하게 고대 마법 주문어의 네 자의 조합된 힘을 사용하고 있었다.

환수족 최고 전사라는 말이 거짓이 아님이 증명되었다.

"공격의 기회를 주겠다, 비겁한 전사여~"

"이놈이!"

피잉!

기회를 주겠다고 말하자마자 마력 장궁의 시위를 놓는 놈.

날카로운 비명과 함께 세상의 그 무엇이라도 부셔 버릴 화살이 빛의 속도로 날아왔다.

"앗!"

밑에서 들려오는 유일하게 나를 걱정해 주는 환수족 여인의 비명.

"후후."

날아오는 마력을 노려보았다.

과거라면 막기 위해 상당히 애를 먹었을 마력 화살.

그저 차갑게 비웃음만 날렸다.

'멍청한 놈!'

특별한 깨달음을 얻어 고대 마법 주문어 네 자를 조합하여 마력에 담아 사용할 수 있는 아싱카르.

그가 날린 마력 화살은 태양도 떨어뜨린다 하여 루페루의 마차를 꿰뚫는 자라는 영광스러운 칭호를 얻었다.

뿌리의 어머니 자신이라 해도 마족처럼 넋 놓고 바라만 볼 수 없었다.

마력 방어막을 형성하거나 대응 공격을 하지 않는다면 죽음이 확실한 순간.

빛처럼 날아간 화살이 어느새 카르얀이라는 인간 마족의 몸에 닿아갔다.

파츳!

"……!!!"

하지만 그게 다였다.

새파란 마력이 담겨 있던 마력 화살이 거짓말처럼 빛으로 분해되어 사라졌다.

"아……."

"헛!"

"으헉!"

"지린!"

뿌리의 어머니를 비롯하여 모든 환수족들의 입에서 비명 같은 신음이 흘러나왔다.

"뭐, 뭐야!"

당황하는 아싱카르.

핑! 피비빙!

특기인 마력 연속 화살을 날렸다.

파슛! 파슛! 파슛!

하지만 처음처럼 놈의 몸 가까이 가자마자 빛으로 사라져 버리는 마력 화살들.

'서, 설마! 마… 마황 급!'

마신의 권능과 엄청난 마력으로 마력들을 분쇄할 수 있는 마황이나 가능한 일.

보고 있던 뿌리의 어머니의 눈이 더할 나위 없이 부릅떠졌 다.

"이노오오오옴!"

팡!

시위를 풀어버리자 어느새 날카롭게 변한 창.

쇄애애액.

아싱카르가 마족을 향해 돌격하였다.

자신이 전수해 준 대지의 창이라는 일격.

우르르르르르릉.

마력과 어머니 신의 가피가 담겨 있는 창에서 거대한 산더미 같은 기운이 일어나 마족을 덮쳐 갔다.

"아, 안 돼!!!"

그 모습에서 불길함을 느낀 뿌리의 어머니.

하지만 그녀의 마력 담긴 음성은 묻혀져 버렸다.

어느새 마족의 손에 소환된 검 한 자루.

눈부신 고대 마법 주문어들이 빛을 발하고 있었다.

결코 그 누구의 손에 들어가도 안 되는 환수령으로 변한 고대 신전에 감춰진 마력검.

마황도 찾지 못하였던, 신이 약한 인간에게만 허락했던 고대 마법 주문어 다섯 자가 각인된 축복 마력검이 세상에 모습을 드러냈다.

뿌리의 어머니가 되어 수천 년을 넘게 살아온 그녀조차도 단 한 번도 본 적 없고 어머니가 들려주셨던 신들의 전쟁 때 사용되었다는 전설의 검이 세상에 나타난 것이다.

스윽.

전사가 화살을 창으로 바꾸자 손을 들었다.

파앗!

본래 그 자리에 있던 것처럼 공간 속에서 손에 잡히는 검 한 자루.

파슛, 파슛, 파슛.

의지를 머금자 회동하는 대자연의 기운이 검에 각인된 기초 고대 마법 주문어 다섯 자가 빛을 뿜어내고 있었다.

쇄애애애액.

어느새 내 앞에 가까이 이르러 있는 아싱카르라는 환수 전사의 창.

쉬익.

가볍게 놈을 향해 그었다.

파스스스스스슛.

공간이 소멸되는 것 같은 환상이 보였다.

빠가가가가가각.

그리고 마황이 내 검을 박살 냈던 것처럼 창이 산산이 부서지며 가루가 되어갔다.

"……!!!"

놀라 눈을 부릅뜨는 놈.

쉬릭.

가볍게 다가오는 놈의 몸통을 후려치는 발길질.

퍼어엉!

"크아아아아악!"

폭음과 함께 비명을 지르며 지상으로 떨어지는 환수 전사 아싱카르.

"아싱카르!!!"

뿌리의 어머니 뒤편에 서 있던 여인들 중 하나가 날아와 떨어지는 아싱카르를 받아갔다.

터어어엉.

아싱카르를 안고 바닥에 떨어지는 여인.

"오오오! 나의 사랑… 아싱카르… 죽으면 안 돼! 안 돼!!!"

상의를 착용하고 있지 않은 여인이 아싱카르를 부여잡고 울음을 토했다.

'사랑?'

보아하니 일족의 어머니라 불리는 이였다.

남자를 알면 안 되고 오직 어머니 신과 뿌리의 어머니를 섬겨야 하는 환수족의 무녀 같은 일족의 어머니.

그런 일족의 어머니가 아싱카르라는 환수 전사를 안고 나의 사랑이라 외치며 눈물범벅이 되었다.

"유, 율법을 어기다니!"

"칼날 위의 바위 일족의 어머니가 율법을 어겼다!"

"오오! 어머니 신이시여… 용서를 구하옵니다!"

"어머니 신이시여!"

환수 전사들이 신전을 바라보며 무릎을 꿇고 고개를 땅에 처박았다.

생각지도 못한 장면.

지금 내가 보고 있는 여인이 엄청난 죄를 지었음이 확실했다.

"전사들은 들으라!"

"명!"

싸늘하고 엄중한 뿌리의 어머니의 음성.

그에 답하는 분노한 환수 전사들의 대답 소리.

"율법을 거역한 칼날 위의 바위 일족의 어머니와 그에 딸린 모든 일족들을 지하의 구덩이 속에 감금하라! 내 친히 그 죄를 추궁하리라!"

"며여엉!"

신속하게 내려지는 뿌리의 어머니의 명령.

"으아아!"

"뿌, 뿌리의 어머니시여 저희를 용서하여 주시옵소서!"

"안 돼! 우리는 아무 죄가 없어!"

콰다다다당.

차자장.

"컥!"

반항하다 검에 맞고 쓰러지거나 공포에 질려 바닥을 기는 칼날 위의 바위 일족 전사들.

'살벌하네.'

일족의 어머니가 죄를 짓자 그 일족들 모두 연좌제에 걸린

듯했다.

"일족의 어머니들은 금지된 성역에 들어간 저 마족을 잡아라!"

"며여여엉!"

그리고 이어지는 뿌리의 어머니의 명령.

슈우우우욱.

뿌리의 어머니 뒤편에 있던 상체가 거의 나체이거나 반나체인 일족 어머니들이 허공으로 치솟아올랐다.

'이런······.'

눈을 감을 수도 없는 상황.

수백 명이 넘는 일족의 어머니들이 불법 19금 공격을 펼치고 있었다.

"친구여~!"

"소환!"

"아모르키노!"

파앗! 파바밧!

크루루루루루루루.

카르르르르르르르.

피라라라라라라라라라라.

허공에 떠오른 어머니들 중 상당수가 소환수를 소환했다.

그러자 환수계에 나타나는 수십 마리의 날개 달린 각종 환수들.

독수리를 닮은 날개 달린 늑대, 머리가 두 개에 날개가 네 장인 곰의 얼굴을 한 환수까지 날 수 있는 모든 환수들이 모습을 드러냈다.

처저적.

그뿐만 아니었다.

마력 장궁뿐만 아니라 검과 창으로 무장한 일족의 어머니들.

모두들 최상급 마족 급은 되는 듯 네 자짜리 조합어가 각인된 무기들을 사용하고 있었다.

'진정한 환수족의 전사라더니……'

라유리아가 말해주었던 진정한 환수족의 강자들.

'달의 여신!'

그러나 단 한 명의 여인만이 뿌리의 어머니의 명을 거역하고 자리에 앉아 나를 보고 있었다.

성스러운 달맞이꽃을 닮은 하룬의 축복 일족을 이끄는 신비로운 은빛 머리칼의 어머니.

나를 향해 푸른 미소를 짓고 있었다.

내가 환수족의 적이 아님을 알고 있는 듯한 묘한 미소.

"후후."

환수족에 대한 작은 증오가 사라졌다.

나를 믿어주고 살려주었던 바람에 흩날리는 꽃비 라유리아와 하룬의 축복 일족의 어머니인 달의 여신이 베푼 선정.

환수족들은 오늘 엄청난 복을 받고 있었다.

마음만 먹으면 마황 못지않게 쓸어버릴 수 있는 나.

"카벨리온!!!"

환수의 제황을 불렀다.

백 마디 말보다 한 번의 공포가 확실한 법.

팟!

환수령에서 튀어나온 카벨리온.

쿠라라라라라라라라라라라라라라라라!

환수계가 떠나가라 포효를 터뜨렸다.

Chapter 430

시작된 마신 축제

"카, 카벨리온······."

보고는 받았지만 직접 눈으로 보기는 처음인 환수의 제황 카벨리온의 늠름한 자태.

쿠라라라라라라라라라라!

귀청을 파고드는 제황의 포효.

파앗! 파바바바밧!

일족의 어머니들이 소환한 환수들이 순식간에 자취를 감추었다.

"모두 돌아가시오!"

쉬이이익.

그리고 인간 마족이 가볍게 고대 마법 주문어가 각인된 검을 일족의 어머니들에게 휘둘렀다.

"앗!"

"헉……!"

슈우우우우욱.

마력을 상실한 듯 지상으로 빠르게 떨어지는 일족의 어머니들.

콰다다다다당.

"악!"

"아아아악!"

바닥에 떨어지며 거친 비명을 토했다.

그러나 생각보다 빠르게 떨어진 것이 아니고 본래 강한 마력을 소유하고 있기에 타박상 정도만 입었다.

"으으……."

"어, 어떻게 마력을……."

비틀비틀 자리에서 일어나 인간 마족을 두려움의 시선으로 바라보는 일족의 어머니들.

지금 눈앞의 마족이 마황 급임이 확실해졌다.

"대… 대단한 능력이로다."

휘이이익.

하얀 백발을 날리며 뿌리의 어머니가 허공에 자리를 잡았다.

그런 일족의 어머니 손에는 작은 단궁 하나가 들려 있었다.

"싸우고자 옴이 아니오."

인간 마족의 입에서 나오는 싸우고자 온 것이 아니라는 말.

"말하라! 어떻게 환수령에 들어가 고대 신전의 검을 가져 왔는지를!"

고대 신전이라 말하며 격노한 뿌리의 어머니.

쉬쉬쉬쉬쉬쉬쉬쉬.

그녀 주변으로 엄청난 마력이 소용돌이쳤다.

답하지 않으면 결코 용서할 수 없다는 결연한 표정.

"카벨리온, 나의 친구가 인도하여 주었소."

"뭐, 뭐라고? 환수의 제황이 너를!"

인간 마족의 말에 믿지 못하는 표정을 짓는 뿌리의 어머니.

쿠라라라라라라라라라라!

그때 환수의 제황이 인간 마족 주변을 울음을 토하며 휘돌았다.

주인에게 이쁨받고 싶어하는 애완용 환수처럼 행동하는 카벨리온.

"……"

그 모습에 힘없이 환수족 제일가는 무기를 내려놓는 뿌리의 어머니.

"신의 사자… 를 뵈옵니다."

갑자기 인간 마족을 향해 고개를 숙였다.

수백만이 넘는 환수족과 환수계를 다스리는 주인이자 대지의 신이자 모든 것들의 어머니 신이신 아슈슈리아만을 섬기는 신녀가 경배의 인사를 올렸다.

진인하고 사악하다 알려진 인간 마족을 향하여.

"뭣들 하는가! 어머니 신께서 일족을 구원하기 위하여 보내주신 인간 전사님이시다! 모두 어머니를 대하듯 경배하라!"

쩌렁쩌렁 울리는 뿌리의 어머니의 일갈.

"시, 신의 사자님을 뵈옵니다!"

"사자님을 뵈옵니다!"

철퍼덕. 철퍽.

무릎을 꿇고 이마를 땅에 대고 두 손을 쭉 펴며 최고의 경배를 올리는 환수 전사들.

환수족의 적이었다가 갑작스럽게 어머니 신께서 보내주신 신의 전사로 불리는 인간 마족 카르얀.

낭패한 표정을 짓고 있었다.

둥! 둥! 둥! 둥!

거대한 가죽 북소리가 울려 퍼졌다.

파아아아아아아아아아앗!

"와아아아아아아아아아아아아아아아아!"

수십만 명의 마족들이 들어서 있는 마신 축제장.

마족들이 뿜어내는 엄청난 양의 마력이 축제장에 휘몰아쳤고, 마신을 상징하는 붉은 태양 조각물에 그 마력들이 빠르게 흡수되며 빛을 밝혀갔다.

　가히 마력 태양이라고 할 만한 광대한 마력의 빛줄기.

　"경배하라! 위대하시고 선시선능하신 마신께!!!"

　"와아아아아아아아아아!"

　"마신 강림! 마신 강림!"

　쿵! 쿵! 쿵!

　마왕들의 외침에 따라 광신도 마족들이 함성을 지르며 혼신의 마력을 뿜어내었다.

　드디어 열린 마신 축제.

　올해는 특별한 의미가 있었다.

　마족들의 승급 전투 이외에 100년간 공석인 마황을 새로이 선출하는 마황 선발전까지 펼쳐질 예정.

　흥분으로 핏줄이 눈에 몰려 빨갛게 된 마족들이 함성을 지르고 바닥을 발로 차며 광분할 만하였다.

　"후후……."

　그렇게 날뛰다시피 광분하는 마족들을 바라보며 최상급 마족들이 자신의 자리에 앉아 있었다.

　서열 10위의 마계 11군단장 자리를 제외하고 모든 자리에 최상급 마족들이 좌정하였고 이번에 마황이 될 확률이 가장 큰 마황의 첫째 아들이자 마황과 마왕을 제외한 마계 서열 6위인 테르바디안이 만족한 웃음을 짓고 있었다.

"모든 마족들의 주인이신 마신께서 강림하였노라! 저 불타오르는 마신의 심장은 축제가 끝나는 그날까지 신의 강림을 상징하는 불꽃이 되었도다! 오오오오오! 모든 마족들은 처음과 끝이신 위대하고 경이로우신 카르베트야님께 경배하여라!!!"

두 팔을 번쩍 들어 올리며 마신의 심장을 바라보고 해마다 거의 똑같은 대사를 읊는 마계 서열 2위 마왕 포르테니우스.

"이제 마황의 대리자인 나 마신의 두 번째 아들이자 마왕 포르테니우스의 이름으로 선포하노니! 모든 마족들이여! 즐거워하라! 마신의 축제가 시작되었노라!"

마황을 대신하여 마신 축제를 선포하는 마왕 포르테니우스.

"와아아아아아아아아아아아아!"

"마신 강림! 마신 강림! 마신 강림!!!"

쿵! 쿵! 쿵! 쿵! 쿵!

마족들의 반응도 거의 똑같았다.

함성을 지르며 목이 터져라 마신 강림을 외치고 발로 바닥을 차는 마족들.

둥! 둥! 둥! 둥! 둥! 둥! 둥! 둥!

축제장 상단에 위치한 수백 개가 넘는 대형 가죽 북이 마족들의 일사불란한 두들김에 맞춰 강하게 울려 퍼져 나갔다.

"죽음을 알고 도망치다니… 크크크."

비어 있는 11군단장 자리를 바라보며 음흉한 미소를 터뜨리는 테르바디안.

마왕 율리우스와 전투를 벌이다 꼬리를 말고 도망쳤다는 사실을 알고 있었다.

사실 조금 걱정이 되긴 되었었다.

천족 13군단장을 비롯하여 다섯 명의 최상급 천족을 쓸어버렸다는 카르얀.

그의 비약적인 실력 향상에 심장이 차갑게 식는 줄 알았다.

그러나 무슨 이유인지는 몰라도 마왕과 전투를 벌이고 도주했다는 인간 마족 카르얀.

테르바디안은 이번 마황 선발전에서 자신을 이길 자가 아무도 없음을 알 수 있었다.

"마황이 되면… 네년을 제일 먼저 신의 제단에 바치리라."

뒤를 바라보며 제일 뒤편에 앉아 있는 세를리아를 차갑게 응시하는 테르바디안.

창백하고 연약해 빠진 이름만 최상급 마족.

볼 때마다 기분이 나빴다.

마치 천족들을 보고 있는 듯한 강한 거부감.

마황의 명만 아니었다면 진작 목을 따버렸을 것이리라.

"마신께 올릴 뜨거운 피의 제단을 열겠노라! 마신께 축복을 받았다 여기는 마족들은 결투장으로 나오라! 스스로 축복

이 거짓이 아님을 증명하거라!'

바로 시작되는 마족들의 승급 전투.

파아앗.

한 명의 마족이 결투장에 섰다.

"신실한 마신의 종 중급 마족 이루갈르단은 상급 마족에 도전할 것이며 그 대상은⋯⋯."

중급 마족 하나가 튀어나와 상급 마족을 가리키며 첫 개시를 열었다.

시작된 마신의 축제.

모든 마족들의 심장이 뜨거워졌다.

새로운 마황의 탄생과 시작될 피의 축제.

이제 마음껏 마력을 펼칠 수 있는 마신의 새 날이 열리고 있었다.

'카르얀⋯⋯.'

마왕 율리우스와 알 수 없는 전투를 벌이고 사라졌다는 카르얀의 모습은 끝내 보이지 않았다.

마황이 선출되면 반드시 죽을 것이기에 오지 않기를 바랐지만 눈동자는 카르얀이 앉아야 하는 마계 11군단장 자리를 향해 있었다.

'무사한 거야, 별일 없는 거지?'

자리에 앉아 있지만 마신 축제 따위는 전혀 관심없는 세를리아.

마음속으로 간절히 카르얀의 안부만을 걱정했다.

"고대 신전은 역사가 기록되기 전에 어머니의 어머니, 어머니의 그 어머니들의 이야기를 통해 내려왔습니다. 저조차 한 번도 들어갈 수 없었지만 그 고대 신전에는 신들의 전쟁 때 인간들에게 하사된 모든 차원의 피조물들과 대등하게 싸울 수 있는 신의 갑옷과 검을 비롯한 무기들이 있다 하였사옵니다."

나보다 수천 살은 더 살아왔을 환수족의 최고 우두머리 여인이 공손하게 고대 신전에 대하여 입을 열었다.

'짐작대로야. 신들의 전쟁 때 사용하던 인간들의 무구였어.'

아공간에 들어가 있지만 소환이라는 단어도 필요없이 손으로 집어 꺼내 쓸 수 있는 소울 가드와 마력검.

"왜 고대 신전이 환수령에 위치한 것입니까?"

"신들의 전쟁이 끝나고 힘을 감당하기에 정신력이 현저히 떨어지는 인간들을 보호하고자 신들의 명으로 그곳에 궁전을 세우고 선택된 인간들을 불러들였다 하였습니다. 그리고 마족과 천족, 환수족이 들어갈 수 없도록 마력의 장벽을 세웠습니다."

'그래서 마력이 달랐어. 모든 마력들을 소화할 수 있는 나

를 제외하고는 그곳에 들어가 버틸 수 있는 자들이 드문 거야. 그런데 마황은……'

"마황도 환수령에 멋모르고 들어갔다가 소멸될 뻔하였습니다. 마신의 권능이 없었다면 카벨리온도 잡지 못하고 뼈를 묻어야 했을 것입니다."

'마황도 그렇다 이거지……'

고대 신전을 발견하지 못하고 카벨리온만 잡아갔다는 마황.

"궁금한 게 있습니다."

"말씀하십시오, 신의 사자시여."

대지의 어머니이자 모든 것들의 어머니 신 아슈슈리아의 신전.

이렇다 할 장식물도 없었고 그저 평범한 흙벽돌이 전부였다.

그 안에서 백발의 뿌리의 어머니와 단둘이 대화를 나누었다.

"제가 소환하는 카벨리온은 불과 1년 전에는 아주 어렸습니다. 그런데 지금은 마황이 소환할 수 있는 카벨리온만큼 덩치가 커졌습니다. 수백 수천 년을 살아가는 마족이나 천족, 환수족처럼 환수들도 어느 정도 성장의 시기가 필요하지 않습니까?"

"아닙니다. 환수들의 시간은 또 다른 법칙으로 흘러갑니다."

"네?"

"환수령의 시간은 어느 순간은 아주 빠르게 어느 순간은 아주 느리게 흘러갑니다. 그곳에서의 하루가 어느 때는 환수계의 시간으로 며칠, 몇 달이 될 수 있으며 어느 순간에는 그곳에서의 하루는 이곳에서의 밥 한 끼 먹는 시간이 될 수 있습니다."

"그런 말도 안 되는……."

"신들이 지배하는 곳입니다. 시간의 법칙은 무의미합니다."

"아……."

시간의 법칙이 무의미하다는 말에 정신이 번쩍 들었다.

인간들은 편리를 위하여 시간과 공간을 나누지만 영생을 사는 신들에게 시간과 공간은 그리 큰 의미가 없을 것이리라.

'잠깐! 그렇다면…….'

갑자기 머릿속을 스치고 지나가는 한 생각.

"뿌리의 어머니시여, 혹시 마계의 시간을 알 수 있습니까?"

"물론입니다."

"그, 그럼 지금 마계는 어느 시기입니까?"

"음……."

내 말에 눈을 감고 생각하는 뿌리의 어머니.

"지금쯤 마신 축제가 시작되는 날입니다."

"허억! 마, 마신 축제!"

마신 축제라는 말에 정신이 아득해졌다.

'안 돼!!!'

올해의 마신 축제는 마황을 선출하는 시기.

마황의 재림 전에 무언가 사건이 터진다면 세를리아가 다칠 수 있었다.

"이곳에서 차원계 영토까지는 얼마나 걸립니까!"

"빠른 환수를 타고도 한참을 가야 합니다."

"……!!!"

마음이 급하였다.

계산되지 못한 시간 때문에 세를리아를 잃을 수는 없었다.

"죄송하지만 이만 가봐야 할 것 같습니다."

"알겠습니다. 그런데 부탁할 것도 있다 하셨는데…….'"

'차원의 돌!'

내가 했던 말을 기억하고 있던 뿌리의 어머니.

"천족에게서 받았던 차원의 돌을 아직 가지고 계신지요."

"물론입니다. 약속의 증표는 언제나 소중합니다."

"저에게 잠시 빌려주실 수 있겠습니까?"

"신의 사자 뜻대로 하십시오."

용도도 물어보지도 않고 뜻대로 하라는 뿌리의 어머니.

"모든 일이 정리되면 다시 한 번 찾아뵙겠습니다."

"부디… 어머니 신께서 염려하시는 일을 막아주십시오. 마황을 막을 전사는 신의 사자님밖에 없습니다."

신탁을 받았다는 뿌리의 어머니.

"최선을 다하겠습니다."

"그럼… 신의 뜻을 이루시기를……."

'마신 축제라니…….'

마음속에 이는 작은 불길함.

부디 내가 걱정하는 일이 발생하지 않기를 진심으로 바랐
다.

아무리 강해져도 신의 영역인 시간의 흐름.

그저… 늦지 않기를 간절히 소원할 뿐이었다.

Chapter 431

불행보다 행복한 날

파각!

툭. 떼구루루루루.

경쾌한 파열음과 함께 마족의 목 하나가 결투장의 바닥을 뒹굴었다.

촤아아아아아아아악.

쿠웅!

동맥이 잘려 나가자 엄청난 피분수를 목 위로 쏟아내면서 쓰러지는 마족의 거대한 몸뚱이.

"와아아아아아아아아아아!"

"루바크론! 루바크론!"

상급 마족이 자신에게 도전했던 중급 마족의 목을 그대로 베어버렸다.

길게 갈 것도 없었다.

아직은 실력이 부족하건만 피의 광기에 취해 도전하다 목이 잘려 나간 중급 마족.

"크하하하하하하하하!"

단 하루를 살다 가더라도 승리의 기쁨을 맛볼 수 있다면 그만.

휘이이익.

웃고 있는 상급 마족 앞에 한 명의 마족이 나타났다.

"그 웃음도 이제 끝이다. 흐흐흐."

나타난 자는 중급 마족.

상급 마족 앞에서도 투지를 잃지 않았다.

"미친 새끼. 크크크."

살육의 쾌감에 눈이 돌아간 상급 마족 루바크론.

두툼한 대형검을 치켜들었다.

타아앗!

그리고 그를 향해 튀어가는 중급 마족.

방금 전 죽임을 당했던 중급 마족과 달리 넘쳐 나는 마력과 재빠른 몸놀림의 중급 마족.

그의 마력검이 짙은 마력에 휩싸이며 상급 마족의 허리를 베어갔다.

딸칵.

맹약에 의하여 벗어두었던 마황의 갑옷이 착용되었다.

강력한 방어 주문 위주로 다섯 자 고대 마법 주문어가 각인되어 있는 마황의 마력 갑옷.

오직 마황에게만 대대로 허락된 마황의 마력 갑옷은 착용하는 그 자체만으로 어지간한 최상급 마족의 마력을 방어해 낼 수 있었다.

그리고 오늘 천족과의 전투 때나 입던 마황의 갑옷이 아공간을 열고 소환되었다.

떡 벌어진 어깨, 모두 다 벗어버린 육신 곳곳에 남아 있는 흉터 자국이 평범하지 않은 삶을 살아왔음을 증명해 주었다.

철컥.

투구까지 완벽하게 뒤집어썼다.

온통 새카만 마황의 전신갑주.

가슴과 배 부분에 마신을 상징하는 이글거리는 붉은 태양이 활활 타오르고 있었다.

파아아앗!

마력이 공급되자 갑옷에서 검은 빛이 뿜어져 나왔다.

철컹, 철컹.

삐걱, 삐걱.

100년 동안 살던 자신의 공간.

나무로 만든 바닥이 마황의 갑옷에 신음하였다.

"다녀오리다……."

나무와 마른 나뭇잎으로 만들어진 침대 위에 누워 자고 있는 여인에게 다녀오겠다 다정하게 말하는 마황.

철컥, 철컥, 철컥.

끼이이익.

여인에게 작별을 고하고 방문을 열었다.

쿠웅.

그리고 이내 사라지며 문을 닫는 마황.

또로로로로…….

그러나 마황은 보지 못했다.

자신의 피를 마시고 깊은 잠에 빠진 여인의 감겨진 눈에서 흘러나오는 차갑고 시린 이슬방울들을.

파라락, 파라라라라락.

카벨리온이 미친 듯 날개를 펄럭이며 공간을 갈랐다.

'젠장!'

화가 났다.

환수령에서 시간이 그렇게 흘러갈 줄 전혀 짐작하지 못하였지만 세를리아가 다치거나 사라진다면 그 책임은 온전히 나의 것이었다.

쇄애애애애애애애애애액.

엄청난 속도로 질주 비행하는 카벨리온.

어느덧 환수계를 지나쳐 차원계 영토를 날고 있었고, 저 멀리 벼랑 위의 11군단이 눈에 들어왔다.

그리고 시간은 어느새 상당히 흘러가 있었다.

'카벨리온, 더 빨리! 빨리!'

나를 위하여 쉬지 않고 환수계를 넘었다.

무려 10일 이상을 멀고 먼 길을 날아왔던 카벨리온.

아무리 나라 해도 좌표 없이는 이동 마법을 펼칠 수 없었다.

환수족들은 마족과 천족과 달리 마법 좌표를 알지 못했다.

마법은 사용하지만 마법보다는 순수한 마력 사용에 익숙한 환수족들.

그들을 탓할 수 없었다.

다만 늦지 않기를 간절히 바랄 뿐이었다.

촤아아아아아아아악.

금세 마계 11군단장 내 집무실이 보였다.

"주, 주군이시다!"

"군단장님이 돌아오셨다!!!"

성벽 위에서 나와 카벨리온을 발견하고 외치는 마족들.

그나마 다행스럽게 마황이 약속을 지켜 무사한 것 같았다.

"유리케르!!!"

충성스러운 마족 유리케르를 마력을 담아 불렀다.

"충!"

어느새 성벽 위에 모습을 나타낸 유리케르가 충을 외치며 군례를 올렸다.

휘이이익.

카벨리온의 몸에서 성벽 위로 뛰어내렸다.

터억.

가볍게 성벽에 닿는 발.

"주군!"

"마신 축제는 어찌 되어가고 있는가!"

다급하게 물었다.

"오늘이 마지막 날입니다. 지금쯤이면 마황을 선발하기 위한 마지막 결전이 시작되고 있을 것입니다."

'아직 늦지 않았다!'

11군단에는 마황성으로 가는 마법진이 있었다.

"마황성으로 갈 것이다! 호위 근위 마족들은 나를 따르라!"

"추웅!"

아직 사라지지 않은 마계 11군단장이라는 직위.

유리케르가 힘차게 충을 외쳤다.

'오늘이 마지막 날이군.'

감회가 새로웠다.

마계 시간으로 1년 동안 내 것이었던 차원계 영토 마계 11군단장.

오늘부로 끝이었다.

"주군을 호위하라!"

차자작.

어느새 모습을 드러내고 있는 10여 명의 호위 근위 마족들.

상급 마족을 상징하는 붉은 망토를 두르고 있었다.

차라라라라락.

성벽 위에서 몸을 날려 마법진이 있는 성안으로 날아갔다.

타다다닥.

급하게 내 뒤를 따라 날다시피 뛰어오는 11군단 호위 근위마족.

'조금만 기다려! 내가 가고 있어!'

지금쯤 나를 애타게 기다리고 있을 병약 최상급 마족 미소녀 세를리아.

그녀의 순수한 검푸른 눈동자가 아련하게 머리에 그려졌다.

"내가 마황이 될 것이다!"

쿠웅!

모든 승급 결투가 끝이 났다.

그리고 이번 축제의 가장 핵심인 마황 선발전이 마왕 포르테니우스의 입에서 선포되는 순간 자리에 앉아 있던 마계 서열 6위 테르바디안 아르슈스 파베오르인 가르슈 루베크리얀이 피와 각종 장기의 파편들이 흥건히 흩뿌려져 있는 결투장에 올라서 마황이 될 것이라 선포했다.

"……."

모든 마족들이 그가 보이는 힘에 압도되어 입을 다물었다.

마황과 마왕들을 제외하고 가장 강한 마계 서열 6위의 테르바디안.

일반 마족에 비해 키는 그리 크지 않았지만 단단한 몸체와 깔끔하게 뒤로 묶은 검은 머리칼과 짙은 눈썹, 두툼한 눈썹은 마황이 된 듯 오만한 인상을 풍겨내었다.

화르르르.

뽑아 든 마력검에서 어마어마한 마력들이 솟아오르며 검붉게 타올랐다.

마족 서열 6위의 능력자가 보여주는 엄청난 마력 시위.

누구 하나 결투장에 뛰어드는 자가 없었다.

마황의 자식이지만 저 자리에 오르기까지 수많은 결투를 치르고 이름을 쟁취했음을 마족들은 알고 있었다.

마계 서열 6위는 거저 얻은 게 아니었다.

"없는가! 나와 마황의 자리를 놓고 마신께 영광 돌릴 심장이 뜨거운 마족은 없는가!!! 크하하하하하하하하하하!"

이미 마황이라도 된 듯 광포한 웃음을 터뜨리는 테르바디안.

그의 말에 틀리다 생각하는 마족들은 없었다.

보름 동안 마음껏 피비린내를 마시고 결투를 보면서 마음에 이는 광기를 잠재운 마족들.

새로운 마황 탄생을 지켜보았다.

"도전할 자가 아무도 없는가!"

축제를 주관하는 마왕 포르테니우스가 도전할 자가 없는지 물어왔다.

만약 지금 답이 없다면 테르바디안이 마황이 될 것.

주먹을 움켜쥐고 마족들은 마황을 연호할 준비를 했다.

파아앗!

그때, 갑자기 빛과 함께 결투장에 모습을 드러내는 한 마족.

"형님, 제가 한 번 도전해 보고 싶습니다. 하하하."

"레비테우스… 크크크, 네가 나올 줄 알았다."

마계 서열 9위이자 마황의 두 번째 자식인 레비테우스 이드베온 가르비티오 하르게니온 바이슈트 포르베니얀.

금빛 눈동자 덕분에 금안의 귀공자라 불리는 레비테우스.

황금으로 만든 갑옷 위에 타오르는 태양이 각인되어 있었다.

"어차피 형님이 마황이 되신다면 제가 살아 있는 동안에는 기회가 오지 않을 것. 화끈하게 마황 자리를 놓고 싸워보고 싶습니다."

"고맙다. 네가 아니었다면 너무 심심하게 마황에 오를 뻔하였다. 크크크."

마황을 아버지로 둔 형제라지만 권력 앞에서 핏줄은 의미가 없었다.

더군다나 인간도 아닌 힘으로 모든 것을 판단하는 마계에서는 더욱더.

마계 역사에서 마황의 자식들이 이렇게 죽고 죽이며 자리를 차지한 적이 한두 번이 아니었다.

"축복의 달이 떠오르고 있습니다. 결판을 내시지요."

차앙!

기다란 황금빛 장검을 뽑아 드는 레비테우스.

"푸하하하하하! 공격해 보라. 이 형님이 죽기 전에 마음껏 받아주마!"

서열 차이가 얼마 나지 않지만 레비테우스를 잘 알고 있다 생각하는 테르바디안.

미친 듯 웃음을 터뜨리며 여유를 부렸다.

파아앗.

그 순간 레비테우스의 등 뒤로 검은 날개 여섯 장이 나타났다.

"마력의 정화!"

"크기가… 엄청나다!"

다른 최상급 마족들보다 크고 광채가 남다른 레비테우스

의 에테르 윙이 펼쳐지자 마족들이 탄성을 터뜨렸다.

마황의 피를 이은 자들답게 무언가 다른 모습.

파아아아앗!

그에 질세라 테르바디안의 등판에서도 여섯 장의 날개가 나타났다.

레비테우스보다 조금 더 커 보이고 빛나는 마력의 정화.

쉬잇.

쇄애애애액.

완벽하게 마력이 가동되자 그대로 몸을 날리는 레비테우스.

"탓!"

받아주겠다는 말과 다르게 위험을 느끼고 기합을 지르며 자리를 박차는 테르바디안.

화르르르르르.

그의 에테르 윙이 마력의 빛을 강렬하게 뿜어내었다.

"차, 차단되었습니다."

"마황성에서 막은 것인가."

"그, 그런 것 같습니다."

호위 근위 마족들과 함께 대전의 이동 마법진 위에 섰다.

그러나 개방되지 않는 마황성의 마법진.

'마왕의 수작이군.'

혹시나 모를 나의 방해를 막고자 하는 율리우스 마왕의 계략.

스윽.

손을 들어 대지의 기운을 끌어들였다.

"주군, 강제로 좌표를 개방하면 위험합니다!"

깜짝 놀란 유리케르가 말렸다.

"이동!!!"

파앗!

하지만 그대로 마황성의 좌표를 향해 마법진을 가동했다.

위잉.

짧은 빛이 일렁였다.

"헛!"

"마, 막아라!"

그리고 들려오는 당황한 마족들의 음성.

'마황성……'

어느새 도착한 마황성의 마법진.

경비하던 마족들이 강제적으로 마법진이 발현되자 깜짝 놀라며 다가왔다.

차자장.

검을 뽑아 드는 호위 근위 마족.

저벅저벅.

걸음을 앞으로 옮겼다.

"대, 대기하십시오. 율리우스 마왕님의 명으로 반역자인 마계 11군단장과 11군단 마족들은 축제에……."

슈욱.

콰드득.

말을 다 끝내지 못하는 상급 마족.

어느새 유리케르의 검이 마족의 입속을 쑤시고 있었다.

"죽여라!"

"율법의 반역자다!"

넓은 마법진 관리 공간 안에 대기하고 있던 수십 명의 마족들이 검을 들고 달려왔다.

'오늘은… 어쩔 수 없다.'

피를 보지 않고서는 물러나지 않을 마족들.

손을 들었다.

촤악.

그리고 그대로 달려드는 마족들을 향해 가볍게 손을 뿌렸다.

쇄애애애애애애액.

그 순간 허공에서 생성되는 얼음 창.

퍼버버버벅.

"크아아아아아아악!"

"아아악!"

다가서던 마족들의 배와 가슴을 뚫어버렸다.

쿵. 쿠구구궁.

연달아 쓰러지는 마족들.

저벅저벅.

그런 마족들이 흘리는 피를 밟으며 걸음을 옮겼다.

어차피 죽으면 마신의 품으로 돌아간다 생각하는 마족들.

축제가 벌어지는 오늘은 죽음이 불행보다는 행복일 것이
리라.

Chapter 432

마황의 똘마니

마계
대공
연 대 기

피이이이비비빙.

에테르 윙이 몸에서 벗어나 적을 향해 화살처럼 날아갔다.

죽음을 각오한 최상급 마족의 마지막 공격.

피비비비비빙.

그에 맞서는 최상급 마족의 에테르 윙 반격.

최상급 마족들이나 사용하는 최후의 공격 방법.

카가가가가강.

마력을 품고 있기에 일정 공간에서 서로 부딪치는 에테르 윙.

머리를 맞대고 마력 대결을 벌이던 에테르 윙이 마력 불꽃에 휩싸이며 튕겨 나갔다.

퍼버버버벅.

"컥……."

그리고 화살처럼 날아가 그대로 최상급 마족이자 마황의
자식이라 불렸던 마족의 몸뚱이를 뚫고 지나갔다.

쉬이이이잇.

처적.

공격을 끝내고 어느새 주인에게 돌아온 에테르 윙.

쿵!

짧은 비명과 함께 바닥에 무릎을 꿇는 레비테우스라 불리
는 최상급 마족.

좌아아아악.

언제나 즐겨 입던 황금 갑옷이 육신과 함께 몇 덩어리로 분
리되어 갔다.

츄루루루룩.

핏물과 살덩이, 잘려진 여러 장기들이 바닥에 흐물거리며
쏟아졌다.

"크하하하하하하하하하하하하하!"

동생을 죽이고도 기뻐하는 최상급 마족 테르바디안.

"와아아아아아아아아아아!"

"새로운 마황님이시다!"

"테르바디안! 테르바디안! 테르바디안!"

일반 마족들은 감히 흉내 낼 수 없는 마력 공격으로 화려하게 마황 선발전을 마무리한 테르바디안에게 열광하는 마족들.

쿵! 쿵! 쿵! 쿵! 쿵!

지치지도 않는 듯 마력을 뿜어내며 마신의 심장에 마력을 힘차게 불어넣었다.

"오라! 나에게 덤빌 멍청한 마족은 또 나오라! 크하하하하하하!"

활활 검붉은 마력이 타오르는 검을 들고 즐거워 미치는 웃음을 터뜨리는 테르바디안.

"테르바디안! 테르바디안! 테르바디안!"

마족들이 그런 테르바디안의 이름을 결투장이 떠나가라 외쳤다.

누가 봐도 명백한 마황.

척!

그런 테르바디안이 최상급 마족들이 앉아 있는 곳을 향해 검을 가리켰다.

"이리 내려와 심장을 내놓거라, 반쪽짜리 마족 계집년아. 흐흐흐."

테르바디안의 검이 지목하는 대상은 최상급 마족들이 앉아 있는 가장 뒤편.

모든 마족들의 시선이 그쪽으로 향했다.

그리고 그곳에… 전대 마황으로부터 보호를 명받은 세를리아라 불리는 각성하지 못한 최상급 마족이 앉아 있었다.

"어서 와라! 오늘을 위하여 내 100년을 참았다!"

마황의 핏줄이건만 각성도 못한 반쪽짜리.

강함을 중시하는 마족에게 있어서 수치가 아닐 수 없었다.

더욱이 살려달라 애걸도 하지 않고 복종도 없었다.

언제나 차가운 눈빛으로 자신을 대하던 천족 계집 같은 세를리아.

오늘 심장을 꺼내 씹어 먹어야 가슴이 시원해질 것 같았다.

스윽.

테르바디안의 지목에 조용히 자리에서 일어나는 세를리아.

모든 걸 각오하고 있는 듯 아무런 표정이 없었다.

"재수없는 년……."

끝까지 복종하지 않고 자존심을 지키려는 세를리아를 보며 살육의 광기가 번뜩이는 눈빛의 테르바디안.

"……!!!"

그런 테르바디안의 눈동자가 갑자기 커졌다.

일어서서 막 결투장으로 나서려는 세를리아를 뒤에서 껴안아 버리는 한 마족.

아니, 인간.

"카… 카르얀!"

그러했다.

놀랍게도 마신 축제가 무서워 도망쳤던 마계 11군단 인간 마족 군단장 카르얀이 나타났던 것이다.

처저저적.

붉은 망토를 휘날리는 11군단 호위 마족들의 보호를 받으면서…….

"앉아 있어……."

"아!"

어차피 각오했던 죽음의 길.

더 이상 테르바디안을 막고 마황이 될 도전자가 없었다.

진작부터 결정되어 있었지만 마신의 율법과 마황의 명령으로 멈춰져 있던 정해진 운명.

테르바디안이 자신을 지목하자 세를리아는 미련없이 자리에서 일어났다.

그때 자신을 뒤에서 살포시 안아주며 귓가에 앉아 있으라는 목소리가 들려왔다.

너무나 듣고 싶고, 보고 싶고, 걱정되었던 그의 목소리.

따뜻했다.

그의 강인한 두 팔에서 느껴지는 자신감과 생동감.

테르바디안 따위는 두렵지 않았다.

"뭣들 하는가! 11군단 호위 근위 마족들은 세를리아님을 호위하라!"

"충!"

처저저적.

세를리아를 호위하는 상급 마족들이 있었지만 11군단 마족에 비하면 실력이 떨어졌다.

군단장의 명령에 세를리아 주변을 보호하는 11군단 호위 근위 마족.

"인간 놈이……."

세를리아 옆에 있던 서열이 한참 떨어지는 최상급 마족이 카르얀을 발견하고 인간 놈이라는 말을 꺼내었다.

우두둑.

벼락같이 뻗어나간 카르얀의 손이 어느새 마족의 목을 강하게 움켜잡았다.

"마신의 품으로 돌아가고 싶나?"

"켁켁!"

마력 차이가 얼마나 나는지 감히 막아내지 못한 최상급 마족.

"케르벨트스라고 했지, 1년 전에 나에게 자리를 빼앗기고 째려봤던 네놈의 이름이."

쉬이익.

콰다다다당.

그대로 최상급 마족의 목을 움켜잡고 멀리 던져 버리는 카르얀.

케르벨트스라는 마족의 몸뚱이가 나무토막이라도 된 듯 힘없이 날아갔다.

그리고 보고 있던 상급 마족들의 좌석에 가서 부딪쳤다.

"뭘 봐! 눈 안 낄아!"

파바바밧.

11군단장 카르얀을 바라보던 마족들이 귀에 들려오는 살벌하고 광오한 외침에 서둘러 시선을 돌렸다.

천족 13군단장을 비롯하여 최상급 천족 다섯을 한 방에 작살냈다는 카르얀 군단장.

마황으로 선포되기만을 기다리고 있는 테르바디안만큼이나 두려웠다.

"크하하하하하하! 어서 와라, 인간 놈아! 그리 안 해도 오늘 마신의 제단에 네놈의 심장도 바치려 하였다!"

카르얀을 향해 선전포고를 하는 테르바디안.

"구경하고 있어. 다녀올게~"

"응……."

든든한 카르얀의 품에 안겨 고개를 끄덕이는 세를리아.

파앗!

카르얀의 몸이 날아올랐다.

1년 전에는 세를리아가 결투장에 데려다 줘야 했건만 이제는 스스로 날아갈 수 있었다.

그것도 마계 서열 6위인 최상급 마족이자 마황의 장자와 결투를 벌이러 말이다.

"날 불렀나."

"흐흐흐. 처음이나 지금이나 어리석은 인간 놈. 오늘 마황이 된 기념으로 네놈 목을 깔끔하게 베어주마."

"내가 보기에는 넌 마황이 될 수 없을 것 같은데… 꿈이 크구나."

씨익.

비릿한 미소를 지으며 테르바디안을 자극했다.

"꿈이 커? 크크크."

마황이 되었다 착각하는 테르바디안.

"마계 11군단장 카르얀 에릭투스! 최상급 마족 테르바디안과 마황의 자리를 놓고 결투를 신청하는 바이다!"

쿠우우웅!

"허억!"

"마, 마황……!"

"이… 인간이 마황에!"

마족들의 심장 떨어지는 소리가 들리는 듯했다.

축제 경기장에 있던 수십만 마족들이 웅성거리기 시작했다.

"마, 마황! 네놈은 인간이지 않더냐! 그런데 무슨 자격으로!"

마황 자리를 놓고 결투를 벌인다 하자 테르바디안도 놀라워했다.

"마왕님들께 묻겠습니다. 마신의 율법대로 정당하게 11군단장이 되어 최상급 마족에 오른 카르얀 에릭투스에게 마황에 도전할 자격이 없습니까!"

마왕들이 있을 곳을 바라보며 자격을 물었다.

에릭투스 뒤에 붙어 있던 천족 군단장의 이름을 다시 돌려주었다.

그리고 깔끔하게 내 힘으로 얻은 이름으로 질문을 던졌다.

"…자격을 허락하노라!"

마왕들 중에서 가장 서열이 높은 마왕 포르테니우스가 자격을 허락했다.

"단, 카르얀은 인간인지라 우리 마왕들의 시험을 통과해야 한다!"

"오오오! 마왕님들의……."

"와아아아아아아아아아아아!"

새로운 볼거리가 생기자 환호성을 지르는 마족들.

"피! 피! 피! 피! 피!"

그리고 외쳐지는 마족들의 피라는 외침.

"이… 이놈이!"

마왕의 허락이 떨어지자 당황하는 테르바디안.

'마왕이 문제가 아니다. 마황이 곧 나타날 것이다!'

아직 이곳에서 마황의 기운이 감지되지 않지만 예감이 말해주었다.

곧 진정한 마계의 주인이 올 것이라고.

"푸하하하하하하하하하하하!"

갑자기 미친 듯 웃음을 터뜨리는 테르바디안.

"죽엇!"

파앗!

자리를 박차고 달려왔다.

쇄애애애애애액.

놈과의 거리는 약 300미터.

검붉은 마력으로 뒤덮인 놈의 검이 상당한 공간을 점유하고 짓쳐들어왔다.

'후후.'

속으로 지어지는 비웃음.

손을 들었다.

그리고 외쳐지는 한마디.

"파이어 볼!"

마계에서 펼쳐지는 인간들의 마법.

파아아앗.

대기의 마나들이 순식간에 결합되며 화염구가 완성되었다.

쇄애애애애액.

그리고 벼락 맞은 멧돼지처럼 돌격해 오는 테르바디안을 향해 날아갔다.

이미 내 의지가 되어버린 순수한 대자연의 기로 운용되는 고대 마법 주문어들의 힘을 담고서.

퍼엉!

화르르르르르르르르르르르르.

"헉!"

미친 인간 놈이 고작 화염계 마법 따위를 날렸다.

죽고 싶어서 안달이 난 놈의 공격 선택.

테르바디안은 마력을 모두 끌어내며 일격에 놈을 박살 내리라 마음먹었다.

그 순간 공간을 점유하며 달려가는 자신의 마력과 부딪치며 터지는 화염의 구체.

'이건!'

전진할 수가 없었다.

놀랍게도 바닥에는 전혀 피해를 입히지 않고 자신의 마력과 충돌하며 맹렬하게 타오르는 화염구.

'9… 9서클!'

마족들에게는 서클 개념이 없지만 중간계의 지배자인 드래곤들과의 충돌을 대비하기 위하여 서클 마법을 알고 있는 테르바디안.

작은 화염구가 마법 스승 테르드오가 말하던 9서클 마법이라는 사실을 깨달았다.

화르르르르르르르르.

멈춰지지 않았다.

대기 중의 마력들이 무한 공급되는 듯 한참을 테르바디안 앞에서 타오르는 불길.

강력한 열기에 화들짝 놀란 테르바디안은 마력의 정화인 에테르 윙까지 꺼내어 화염에 대항하였다.

드래곤도 이 정도로 강하지 않을 것.

아무리 마법이 펼쳐져도 대항하는 자의 마력이 높으면 마법은 소멸됨이 법칙이었다.

그런데 그렇지 않았다.

놀랍게도 인간 놈이 펼친 중간계의 마법이 테르바디안을 몰아세우고 있었다.

'안 돼! 놈에게 질 수 없어!'

이를 악물고 마지막 마력까지 뽑아내는 테르바디안.

파아아앗.

에테르 윙에서 엄청난 마력이 일순간 증폭되어 펼쳐졌다.

'제법인데…….'

최상급 마족에 마황의 자식이라는 타이틀은 거저 얻는 게 아니었다.

가볍게 펼친 마법이지만 고대 마법 주문어 중에 불의 기운
이 가득 들어가 있었다.

그런 힘을 자신의 순수 마력으로 방어하는 테르바디안.

'이것도 한번 막아봐라!'

깅한 자만이 누릴 수 있는 여유.

테르바디안과 나의 거리가 50미터 정도밖에 되지 않았지
만 두렵지 않았다.

바로 내 앞에서 마력검을 휘둘러도 승리할 자신이 있었다.

마황이 나에게 그러했듯이.

"윈드 애로우!"

펼쳐지는 3서클 기초 풍계 마법.

파바바바바밧.

시동어가 읊어지자 모습을 드러내는 반투명한 파란 빛깔
바람의 화살.

어른 팔뚝 정도 되는 적당한 크기.

그러나 문제는 그 숫자.

100여 개가 넘는 윈드 애로우가 공간에 모습을 드러냈다.

피잉!

하나의 윈드 애로우가 화염계 마법을 막아내고 있는 테르
바디안에게 날아갔다.

퍼어엉!

"크헉!"

파이어 볼을 막다가 공격해 오는 윈드 애로우를 막지 못하고 얻어터진 테르바디안.

스윽.

손을 들어 파이어 볼을 사그라뜨렸다.

촤악!

그리고 테르바디안을 향해 손을 뻗어 가리켰다.

피비비비빙.

그러자 일렬로 공간을 수놓으며 날아가는 윈드 애로우.

퍼버버버버버벙.

멍청하게 서 있는 테르바디안의 몸통에 가격되는 윈드 애로우의 융단 폭격.

콰다다다다당.

연타로 얻어맞고 뒤로 튕겨져 날아가는 테르바디안.

퍼버버버버버벙.

멈추지 않고 계속하여 윈드 애로우를 날렸다.

"아아악! 으아아아아악!"

파괴된 갑옷과 찢겨져 나가는 최상급 마족의 옷자락.

피가 튀었다.

한계치를 넘는 윈드 애로우 공격에 마족의 질긴 가죽이 상처를 입었다.

"살려줘! 살려줘어어어어어어어!"

윈드 애로우 공격에 얻어맞아 아픔에 질려 버린 테르바디안이 웅크린 채로 몸을 보호하였다.

퍼버버버벙.

크르르르륵.

얻어맞아 결투장 밖으로 빠르게 튕겨 나가는 그의 육신.

'앞으로 다시는 세틀리아를 괴롭히지 못할 것이다!'

최상급 마족이라 하더라도 죽음을 두려워하고 공포에 질려 버린 자를 마족들이 따를 리가 없었다.

살려줘도 차라리 더 지독스러운 형벌.

테르바디안은 이제 마계에서는 영원히 패배자였다.

퍼엉!

"크헉……."

철퍼덕.

마지막 한 방의 윈드 애로우에 격중되어 결투장 밖으로 완전하게 튕겨 나간 테르바디안이 피 거품을 물고 널브러져 버렸다.

"으으……."

"으……."

관람하던 마족들의 입에서 나오는 질려 버린 신음들.

이렇게 일방적인 결투가 되리라고 그들도 짐작하지 못한 것 같았다.

스윽.

고개를 들어 마왕들을 바라보았다.

"나오시지요, 마왕님들~"

목표한 산이라면 빨리 뛰어서 넘고 싶었다.

마왕이 강하다 하나 나의 적은 그들이 아니었다.

"대단하구나! 중간계의 마법으로 최상급 마족을 물리치다니. 토로바툰 마왕, 그를 상대하……"

"포르테니우스 마왕님~ 길게 갈 것 없습니다. 모두 나오십시오. 한꺼번에 처리해 줄 터이니~"

"뭐, 뭐라고!"

"이런 방자한!"

내 말에 자리에서 벌떡 일어나는 네 명의 마왕.

"후후……."

그들을 향해 이를 드러내며 웃었다.

그들이 마계에서 마왕으로 불릴지언정 지금의 나에게는 아무것도 아니었다.

그저 마황의 명을 받아 살아가는 마황의 똘마니 그 이상도, 이하도 아니었다.

Chapter 433

마황재림

"카… 카르얀……."

정말 보고도 믿기지 않는 광경에 세를리아는 카르얀의 이름을 부르며 감격에 젖었다.

마족보다 더 마족다운 카르얀의 광폭 행보.

누가 있어 마계 장로들인 마왕들을 향해 선전포고를 할 것인가.

마황이나 천황이 아니라면 상대할 자가 거의 없는 사대 마왕.

그들 모두에게 카르얀이 도전장을 꺼내었다.

"클클, 드디어 모두 다 깨달은 것 같군."

"하, 할아버지……."

마신 축제 기간에 모습을 보이지 않던 마족들의 마법 스승 테르드오.

카르얀을 바라보며 모두 깨달았다 말하였다.

"걱정하지 마라. 보아하니 마황이 와도 끄떡없을 것 같으니."

"마, 마황님요!"

마황이라는 말에 세를리아의 얼굴이 핼쑥해졌다.

자신의 아버지이지만 별 기억도 없는 마계의 주인.

그가 나선다면 카르얀이 위험할 수 있었다.

마신의 축복을 받아 마황만이 펼칠 수 있는 여러 권능들.

마력과 또 다른 신의 영역에 들어가 있는 힘은 마족들을 비롯하여 모든 이들에게 공포 그 자체였다.

"지켜봐라, 네 소환수가 어떤 일을 해낼지……. 클클클."

현명함으로 반짝이는 테르드오의 눈빛.

마왕들에게 용감하게 도전하고 있는 카르얀을 향해 있었다.

'찢어 죽일 인간 놈!'

마황의 명령으로 지켜보기만 했던 인간 소환수.

이렇게 사고를 칠 줄 몰랐다.

생각지도 못하게 엄청난 실력을 갖추고 마계 시간 1년 만에 마왕에게 도전할 정도가 되었다.

'그래도 네놈은 안 돼. 그 정도 실력으로는 어림없다.'

두 달 전에 카르얀과 겨뤄봤던 마왕 율리우스.

마족들의 도움을 받고 겨우 버텼던 카르얀이 단시간에 실력이 늘어났나 생각하지 않았다.

"내가 저 오만한 인간 놈의 목뼈를 분질러 버리겠소!"

어이없어하는 마왕들 앞에 나서는 율리우스.

"부탁하오."

"머리통을 박살 내주시오!"

"감히 마왕들에게……."

분을 삭이지 못하는 마왕들.

율리우스의 승리를 의심치 않았다.

촤라라락.

마신 축제 때 사용하는 황금 실로 만든 옷자락을 펄럭이며 결투장으로 날아가는 마왕 율리우스.

카르얀의 실력을 알기에 전혀 두려움이 없는 표정이었다.

자신이 지금 열받은 마물의 이빨 사이에 목이 끼어 있음을 알지 못하고.

'율리우스…….'

마왕들 중에서 마황의 심복이 가장 확실한 자.

마황이 음모를 꾸몄어도 모든 마왕들에게는 알리지 않았

을 것.

가장 믿음이 가는 마왕 한 명만으로도 마황은 마계를 100년 간 비밀스럽게 통치할 수 있었을 것이리라.

"주제 파악도 못하는 인간 놈이 실력이 제법이구나. 흐흐흐."

한 번 붙어봤다고 자신만만한 마왕.

'넌 용서치 않겠다.'

나를 죽이려 했던 마왕.

지금도 살기를 가득 뿌리는 놈을 마신께 특급 소포로 배송하리라 마음먹었다.

"주제 파악? 그건 내가 할 소리 같은데."

"이놈이!"

"쯧쯧. 내 말이 우습게 들리나? 마왕들 모두 덤벼도 시원찮을 판에 뭘 믿고 나에게 도전하시는 건지……."

혀를 차며 놈의 약을 바짝 올렸다.

"오늘 그 입이 붙어 있는 네놈 대가리를 부셔 버리리라!"

"오! 무섭습니다요, 마왕님~"

"이노오오오옴!"

저번에 이어 두 번째로 당하는 말발신공에 얼굴이 벌겋게 상기되는 마왕.

"뭣들 하는가! 피를 외쳐라~! 마신께 오늘 마왕의 피로 제단을 쌓으리라!"

멍청하게 입을 다물고 있는 결투장 안 수십만 마족에게 소리쳤다.

"……."

그러나 누구 하나 기막힌 상황에 입을 열지 못했다.

아무리 피를 좋아하는 마족이라도 자신들 상식 밖의 일에 어안이 벙벙할 것이다.

창!

검을 뽑아 드는 마왕.

"그날처럼 널 도와줄 마족 놈들은 없다. 흐흐흐."

"그러게 말입니다. 제가 보기에도 없는 것 같군요. 저나 마왕인 당신이나. 흐흐흐."

놈을 따라 음흉하게 웃었다.

파앗!

분노에 부르르 몸을 떨던 마왕의 등 뒤로 검은 마력의 날개 여섯 장이 튀어나왔다.

"천계 황태자에 비하면 초라해 보입니다그려. 하하하."

"이이이!"

파아아아아앗.

부채질에 활활 타오르는 율리우스 마왕의 분노.

극한 게이지를 향해 치솟았다.

"뒈져!"

화아아아아악.

마왕의 몸에서 발산되는 새카만 마력탄.

처음부터 맹공이었다.

내 실력을 알고 있기에 한 번에 박살 내려는 듯 에테르 윙의 마력을 모두 끌어올려 여섯 개의 마력탄을 쏟아내었다.

쇄애애애애애액.

놈과의 거리는 약 400미터.

대형 자동차 바퀴만 한 새카만 마력탄들이 소용돌이치며 나를 향해 퍼부어왔다.

스윽.

손을 들어 공간의 경계에 숨어 있는 검을 끄집어내었다.

"……!!!"

갑작스럽게 검을 꺼내자 놀라는 율리우스.

수욱.

검을 앞으로 내밀었다.

타다다닷.

그리고 돌격해 오는 마력탄을 향해 맞서 달렸다.

쉬이이이잇.

불과 400미터 정도 되는 거리.

순식간에 검과 부딪치는 마왕의 마력탄.

티잉! 티디디디딩!

내 검에서 이는 대자연의 기운을 감당하지 못하고 사방으로 튕겨 나가는 마력탄.

쉬이이익.

퍼버버버버버버벙.

"으아아아아악!"

"아악!"

"크아악!"

마법으로 보호되는 축제 결투장 일부가 박살이 난 듯 폭음과 함께 마족들의 비명이 연달아 들려왔다.

"헛!"

슈욱.

검에서 느껴지는 물컹한 느낌.

그리고 율리우스 마왕의 헛바람 소리.

마력탄을 튕겨낸 나의 검은 블링크 마법을 펼친 듯 순식간에 마왕 앞에 이르러 그의 심장을 관통했다.

"잘 가시오, 마왕."

스윽.

뽑혀지는 검.

촤아아아아아아.

마계를 다스리는 장로이자 기둥인 마왕도 심장에서 붉은 피가 흘러나왔다.

그것도 아주 붉고 붉은 선혈.

"너, 넌······."

스르륵.

쿠웅.

나를 향해 입술을 달싹거리다 그대로 옆으로 쓰러지는 마왕 율리우스.

이름에 걸맞지 않은 허망한 죽음.

"아……."

"으아아아아!"

"마, 마왕님이……."

"오! 마신이시여……."

마족들의 아우성이 사방에서 터졌다.

강한 자가 모든 것을 독식할 수 있는 마계.

그러나 인간인 나를 꺼림칙하게 생각하고 있을 마족들은 깊은 충격에 빠진 것 같았다.

'이제 끝을 봅시다!'

두려움의 탄식도 잠깐.

이내 침묵에 빠져 버린 마왕 이하 마족들.

파스슷, 파스스스스.

마신의 심장이라 불리는 마력 태양이 붉은 빛만 뿌려주고 있었다.

"마황, 나오시오!!! 이제 당신만 남았소!"

스윽.

검을 들고 마력 태양이 떠 있는 높은 상공을 가리켰다.

"허엇!"

"저, 저 갑옷은……!"

"마, 마황님이시다!"

"와아아아아아아! 마황님이 재림하셨다!"

"와아아아아아아아아아아아아아아아!"

나로 인하여 절망하고 두려움에 빠져 있던 마족들이 고개를 높이 들어 한곳을 보았다.

한 남자가 있었다.

새카만 검은 투구와 갑옷을 착용하고 투명한 은빛 검 한 자루를 손에 들고 오연하게 마신의 강림이라 여기는 마력 태양 위에 서 있는 존재.

쿠라라라라라라라라라라라라!

마황과 함께 하는 카벨리온이 튀어나와 포효하였다.

마계의 주인이 이제 강림했노라고!

Chapter 434

마황에게 낭하다

"아……."

"왔어! 이제 왔어! 크크크크."

마황이 모습을 드러내자 놀람의 신음을 뱉어내는 세를리아.

그와 달리 어린아이처럼 기뻐하는 테르드오.

"마황님이시다!"

"와아아아아아아아아아아아!"

쿵! 쿵! 쿵! 쿵! 쿵!

둥! 둥! 둥! 둥! 둥! 둥! 둥!

100년 만에 마계에 재림한 진정한 주인의 등장에 마족들이 미쳐 소리쳤다.

"끼아아아아아아아아!"

"마황님이시여!"

쿵쿵쿵!

벽에 머리를 박으며 피를 흘리고, 칼로 자신의 팔을 그어버리는 마족들.

스윽.

마황이 손을 들었다.

"……."

그러자 거짓말처럼 광기를 멈춘 마족들.

"내가 왔노라."

간단한 마황의 한마디.

"마황 강림!"

처저저적.

마족들 모두 앉아 있던 곳에서 무릎을 꿇고 고개를 처박았다.

마왕을 비롯하여 하급 마족들까지 모두.

"클클클……."

당황한 세를리아와 묘한 웃음을 짓는 테르드오, 그리고 검을 들고 결투장에서 마황을 바라보고 있는 카르얀이라는 인간까지 단 세 명만이 무릎을 꿇지 않았다.

"떠나라, 카르얀. 강한 너에게 내리는 마신의 축복이다."

검을 들고 서 있는 카르얀에게 마신의 축복이라 말하며 떠나라는 마황.

"싫소."

당당하게 싫다고 말하는 인간.

"후후후⋯⋯."

예상했다는 듯 냉혹한 웃음을 짓는 마황.

"그럼… 소멸이다."

죽음도 아닌 소멸을 말하는 마황의 경고.

"마황께서 내리시면 감사히 받겠소. 어차피… 한 번이나 두 번이나 다를 바 없으니. 하하하하."

마황 앞에서 감히 밝은 웃음을 터뜨리는 인간 놈.

마왕을 비롯한 마족들 모두 숨을 쉬지 못하지만 인간은 마황 앞에서 기죽지 않았다.

아니, 오히려 마황을 향해 도발하는 인간 카르얀.

쉬이익.

그의 몸이 천천히 마황이 있는 상공으로 떠올랐다.

검을 들고 있는 자세 그대로.

마황에게 결투를 청하고 있었다.

'이 불길함은.'

불과 두 달 정도밖에 되지 않았다.

자신의 경고를 무시하고 도전하다 마신의 권능에 맞아 죽을 뻔하였던 인간 카르얀.

달라져 있었다.

과거에도 오만한 정신은 살아 있었지만 자신 앞에서 마력이 눌려 있었다.

그러나 지금은 아니었다.

마력은 고사하고 아무것도 감지되지 않았다.

거기에다가 입가에 짓고 있는 여유로운 미소.

마황 자신이 평소 보였던 강자의 표현이었다.

"레아님께 돌아가십시오. 마계는 저에게 맡기시고 푹 쉬십시오."

"호오……."

자신감 넘치는 인간이 황녀에게로 돌아가라 말하였다.

그 어이없는 말에 마황은 순간 당황스러웠다.

지금껏 수천 년을 살아오면서 마황이 된 이후로 자신 앞에서 이런 헛소리를 할 수 있는 이는 눈앞의 저 인간밖에 없었다.

"하하. 나도 그러고 싶네만, 마신께서 날 원하시네."

"깨뜨려 주면 됩니까?"

"……?"

"마신의 첫째가는 종이라는 당신을 패배의 나락으로 떨어뜨리면 되는 것입니까."

"푸하하하하하하!"

마황을 패배시켜 주면 되느냐는 물음에 미친 듯 웃음을 터뜨리는 마황.

"물론이다! 날 저 바닥에 처박으면 네놈 마음대로 할 수 있다. 나를 포함하여 마계 모두를!"

마신의 율법이었다.

마황을 쓰러뜨린 자는 다음 대 마황이 됨이 법칙이었다.

마신의 축복이 직접 강림하지 않는 이상 마황은 강한 자만이 선택되었다.

"그럼 그렇게 해드리지요, 당신을 목숨보다 사랑하시는 그분을 위하여……."

"그 입 닥치라!"

감히 건들지 말아야 할 마황의 아픈 상처를 콕콕 찌르는 인간.

파스스스스스스스.

마황의 몸에서 일어나는 엄청난 마력.

"오오오!"

"마, 마황님의 절대 마력이다!"

"마신의 권능!"

마황의 옷자락만 봐도 행복한 마족들이 경배의 탄성을 터뜨렸다.

지금 인간 카르얀과 무슨 이야기를 나누는지 알 수 없지만, 100년 만에 보는 마황의 절대 힘에 가슴이 벅차올랐다.

인간이 일격에 마왕을 쓰러뜨릴 정도로 강하였지만 마황 앞에서는 어림없었다.

마황.

그는 평범한 마족이 아니라 마신의 대리자였다.

"소환!"

마황이 허공에 손을 대고 소환을 외쳤다.

파앗!

그러자 그의 건틀릿에 들리는 한 자루 검.

"마황의 검이다!"

마황의 대전에 박혀 있던 마황의 검이 공간을 격하여 소환되었다.

휘리리리리리리릭.

처러러러러러러럭.

마황이 그렇게 마황의 대전에서 마황의 검을 소환하는 그때 검은 망토에 검은 갑옷을 입고 새카만 검을 든 수백 명의 존재들이 마신의 축제장에 모습을 드러냈다.

처저저적.

그리고 순식간에 마황이 떠 있는 상공 밑에 포진하는 온통 검은 무구와 망토로 몸을 감싼 마족들의 등장.

"마황 친위대다!"

"드디어 마황 친위대가 부활했다!"

"와아아아아아아아!"

200여 명이 살짝 넘는 마황 친위대.

마황이 마계에 머무를 때 항상 곁을 수호하는 마황 친위대의 등장.

마황이 마신의 권능을 받을 때 그 일부를 받아 단숨에 최상급 마속의 실력을 소유하게 되는 마황 친위대는 마황의 상징이었다.

그렇기에 마황이 사망할 때 스스로 자진하여 신의 품으로 돌아가는 충성의 맹약자들이 그들이었다.

그런 마황 친위대가 100년 만에 부활했다.

마황이 마계를 버리고 떠날 때 스스로 석화 마법을 걸어 마황의 검에 파장을 맞추었던 마황 친위대가 마황이 검을 소환하자 함께 모습을 드러낸 것이다.

"이제 준비 다 끝났습니까?"

마황의 친위대 몇 명이면 마왕도 상대할 수 있건만, 전혀 두려움없는 인간이 마황에게 준비가 끝났냐고 물었다.

"공격해 봐라. 저번처럼 마음껏 말이다. 크하하하하하하!"

마황이 자존심을 보이며 공격하라 말했다.

"그 말 후회하실 텐데요?"

"마황의 말은 곧 신의다! 공격하라!"

검을 든 손을 내려뜨리며 공격하라 말하는 마황.

"그럼 공격 들어갑니다!"

마황을 상대로 장난스런 어투로 말하는 카르얀이라는 인간.

"피! 피! 피! 피! 피!"

마족들이 다시 피를 외치기 시작했다.

피로써 마신을 즐겁게 해줘야 함을 마족들은 알고 있었다.

둥! 둥! 둥! 둥! 둥!

거대한 가죽 북 수백 대가 동시에 울려 퍼져 나갔다.

마황과 마왕을 꺾은 인간의 결투.

실로 오랜만에 보는 흥미진진한 대결이었다.

결과는 비록 정해져 있지만 마족들은 충분히 즐거웠다.

마황이 다시 마족을 이끌기 위하여 마계에 돌아온 날이었

<u>으므로</u>……

'어리석은……'

마황의 호언장담에 안타까웠다.

마신의 권능이 무엇인지 잘 알지만 이제는 두렵지 않았다.

완벽하게 깨달은 대자연의 흐름.

스윽.

검을 치켜들었다.

'소환!'

마음속으로 외쳐지는 한마디.

팟!

처저저적.

공간을 열고 나타나 몸에 착용되는 신들의 전쟁 때 인간의

강자들이 착용했다는 소울 가드.

"헛!"

마황의 입에서 비명성이 터져 나왔다.

바보가 아니기에 다섯 자 주문어가 각인된 소울 가드를 알아보지 못할 리가 없었다.

'당신은 진짜 바보야.'

내 손에 들린 순수한 고대 마법 주문어의 힘을 알았다면 마음껏 공격하라는 헛소리는 하지 않았을 것이리라.

그런 점에서 마족이나 인간이나 비슷한 것 같았다.

과거 지식과 경험에 얽매여 세상이 바뀌었다는 사실을 모르고 자신이 체득한 바만 믿고 따르는 경향.

아주 위험하고 멍청한 짓이었다.

눈앞의 마황도 그런 인간들과 다를 바 없었다.

좀 더 주의 깊게 나를 보았다면 과거의 내가 아니라는 사실을 감지했을 것이다.

'루, 니, 모, 바, 교!'

고대 마법 주문어의 기초 주문어 다섯 자를 조합했다.

마음껏 공격할 것도 없었다.

단 한 번의 공격이면 끝.

진정 신이 허락한 힘이 무엇인지 마황에게 알려줄 참이었다.

마신도 결코 피와 파괴만을 원하지 않을 것임을 마황에게 똑똑히 각인시켜 줄 것이리라.

빛이 있으면 어둠이 있고 양이 있으면 음이 있으며 상대가 있기에 더욱 밝고 어둡다는 진실을 마황은 알아야 했다.

스윽.

검을 양손으로 들어 가슴 앞으로 인도했다.

그리고 생각하는 하나의 장면.

거대한 장백산을 거니는 한 마리 대호.

진정한 장백검술의 오의가 마계에서 꽃피기 시작했다.

차원계의 절대강자라는 마황의 심장을 노리고.

"오오! 진짜 완벽하게 깨달았어! 거기에 고대 신전의 인간들에게 허락된 신의 무구까지! 크하하하. 저놈 진짜 물건이야! 겨우 1년 만에 어떻게 마황을 상대할 수 있는 능력자가 된 것이냐!"

"카르얀…… 아빠……."

세를리아 옆에서 기뻐 어쩔 줄 모르는 테르드오와 달리 마황을 아버지로 둔 마계 소녀는 손가락을 깨물며 어찌할 줄 몰랐다.

카르얀이 약할 거라 생각할 때는 카르얀이 걱정이었지만 이제는 마황인 아빠가 안타까웠다.

무언지 몰라도 마황인 아빠를 부셔 버릴 것 같은 거대하고 강력한 마력이 카르얀 주변에서 회동하고 있음이 보였다.

다른 마족들은 모르지만 세를리아의 눈에는 똑똑히 보였다.

차갑고 따뜻하며, 빛나며 어두운 힘들이 카르얀 주변에서 소용돌이치며 대기하고 있다는 사실을.

그리고 사자를 닮은 것 같기도 한 거대한 마수 한 마리가 카르얀 검에서 드러나고 있었다.

"공격하라! 움하하하하하하!"

가슴을 활짝 펴고 공격하라 외치는 마황.

"탓~!"

기다렸다는 듯이 맑은 기합을 터뜨리며 공간을 가로질러 가는 카르얀.

"아!"

잠시 후 벌어질 참극에 비명과 함께 두 눈을 질끈 감아버리는 세를리아.

손을 맞잡고 신을 찾았다.

'아무도 다치지 않게 해주세요. 마신님… 그리고 모든 신들이시여……'

마신을 절대적으로 섬기는 마족이었지만 천계에 가서도 편안함을 맛보았던 세를리아.

떠나는 날 천황이 조용히 홀로 불러 직접 작은 선물 하나를 주었다.

천신을 상징하는 은빛 태양 목걸이.

세를리아는 기도하였다.

그 어떤 신이라도 자신이 사랑하는 두 존재가 결코 피 흘리며 쓰러지지 않기를 바랐다.

둘 다 모두 세를리아에게는 목숨보다 귀한 존재들이었다.

말로 다하지 못하였지만… 마족 소녀는 사랑하였다.

자신의 목숨과 바꿀 수 있을 정도로 말이다.

휘리리리리리리리링.

마황의 몸에서 본격적으로 뿜어져 나오는 마신의 권능.

마력 따위가 아니었다.

공격하는 자의 영혼을 공격하는 보이지 않는 신의 손길.

이제는 확실하게 느껴졌다.

파치치치치치치치칫.

마신의 권능으로 감싸인 마황의 몸에 가까이 다가갈수록 내가 만들어낸 대자연의 기가 부딪치며 불꽃을 만들어내었다.

크아아아아아아아아앙.

검에 깃든 장백산 대호.

완벽하게 자란 영물 백호로 변해 있었다.

포효하며 나아갔다.

마신의 권능을 이빨로 잘근잘근 물어뜯으며 전진하는 장백산 백호.

"······!!!"

어느새 검이 마황의 심장 1미터 앞까지 다가갔다.

'조금만 더!'

보이는 마력 싸움이 아니라 마신과 대자연을 운용하는 기의 전부.

파르르.

검끝이 떨렸다.

파치치치칫.

심장에 다가갈수록 맹렬하게 버티는 마신의 권능.

"······."

투구 속에서 마황의 놀란 표정이 여실히 보였다.

검을 들거나 저번처럼 팔을 들어 날 가격할 수 없었다.

움직여 조금의 빈틈만 보여도 심장에 박혀 버릴 나의 검.

온 마력과 마황에게 허락된 권능으로 버텨냈다.

치이이이이이이이이이익.

대장간에서 새빨갛게 달궈진 검신이 물에 닿으면 엄청난 수증기를 만들어내듯 순수한 고대 마법 주문어가 담긴 마력 검이 마황의 심장에 다가가며 기의 파편들을 토해냈다.

그러나 11군단 검처럼 허무하게 부러지지 않았다.

'마황··· 이제 끝이오!'

어느새 검끝이 마황의 갑옷 위에까지 진출해 있었다.

'응?'

그때 갑자기 번뜩 드는 무서운 생각 하나.

지금 내가 느끼고 있는 마황의 힘이 예전에 느꼈던 때보다 약하였다.

'왜?'

파강.

마황의 갑옷 위에 검이 닿았다.

그리고 드는 왜라는 생각.

'……!!!'

눈빛이 변해 있었다.

나를 죽이고 싶어 살기가 번뜩이던 마황의 눈동자에 잔잔한 평안이 깃들어 있었다.

모든 것을 초탈한 듯한 마황의 눈빛.

'서, 설마!'

나를 이용하여 마신의 굴레로부터 벗어나고 싶을 수도 있다 싶었다.

지금 마황의 눈빛은 나를 구해줄 때 사랑하는 아내를 생각하며 보였던 그 눈빛 그대로.

'안 돼!'

검에서 힘을 빼었다.

푸욱.

하지만 낌새를 느끼기라도 한 듯 자신의 심장을 내 검에 그대로 전진하여 꽂아버리는 마황.

"헉!"

"컥……!"

손에 들고 있던 검을 놓았다.

귓가에 들리는 마황의 고통에 찬 비명 하나.

그리고 마황의 심장에 박혀 있는 고대 신전의 마력검.

"이제… 네가 마황이다. 크크크."

나를 향해 마황이라 말하는 마황.

"왜……."

"쉬고 싶다……. 마신의 품이 아닌 그녀 품에서……."

"아……."

나만을 향해 속삭이는 마황의 조용한 말.

투구 사이로 평화가 그대로 묻어 나왔다.

촤아아악.

심장에 박힌 검을 뽑아버리는 마황.

"크아아아아아아아아아아아아아악!"

그리고 온 마족과 마계, 그리고 마신에게 들으라는 듯 터뜨리는 비명.

쇄애애애애애애액.

그의 몸이 지상으로 떨어졌다.

덜덜덜.

보고 있어도 몸이 움직이지 않았다.

'마황 당신은… 크으!'

끝까지 나를 이용한 마황.

마황이 되어 마신의 꼭두각시로 살아야 할 자신의 운명을 나를 이용하여 거둬들였다.

팟!

"……!!!"

그때 떨어지는 마황이 갑자기 새하얗게 빛났다.

그리고 마황을 안고 있는 한 존재가 보였다.

'레, 레비요르 황녀!'

놀랍게도 마계에 나타난 천계의 황녀.

천족임을 증명이라도 하듯 온몸에 천신의 광휘를 감고 나타나 마황의 육신을 받아 들었다.

"이제 모두 끝났어요. 나의 사랑… 이제 우리의 집으로 돌아가요."

귓가에 들려오는 황녀의 슬픈 속삭임.

파아앗! 언제 나타났는가 싶을 정도로 빠르게 사라지는 레비요르 황녀와 마황의 육신.

"아…….".

심장이 무섭게 뛰었다.

마황의 재림을 막아 차원을 구하고자 했건만 나는 철저하게 마황에게 농락당해 버렸다.

농담처럼 던진 말이 현실로 드러나고 있는 이 순간.

"새, 새로운 마황이 탄생하셨다!"

"오오오오오오오! 카르얀 마황님이시다!"

"마황님이 탄생하셨다!!!"

"와아아아아아아아아아아아아아아아!"

귓가에 들려오는 미쳐 버릴 것 같은 마족들의 외침.

마신을 믿지도 않는 내가 마황을 이겼다고 새로운 마황으로 인정받고 있었다.

고개를 들어 하늘을 보았다.

그리고 지켜보고 있을 마신과 모든 신들에게 말했다.

'난 아닙니다! 결코 당신의 뜻대로 마계의 주인이 되고 싶지 않습니다! 절대로!!!'

퍼어어어엉! 퍼어어어어엉!

콰아아아아아아아아아아아아아아앙!

그때 발밑에 있던 마력 태양이 터져 버렸다.

마신의 강림을 상징하는 마력 태양의 폭발.

화르르르르르르르르르르르르르.

마력 태양이 나를 향해 휘몰아쳐 왔다.

"싫어!!! 난 싫다고!!!"

강하게 거부했다.

저 마력 태양의 마력을 진심으로 받아들이는 순간 마황이 되어야 한다는 사실을 알 수 있었다.

그렇기에 강력하게 거부하였다.

이 자리에서 검으로 내 심장을 찌를지언정 마신의 부하 따위는 되고 싶지 않았다.

휘이이이익.

그때 나를 향해 오던 마신의 의지 같은 마력 덩어리가 방향을 바꾸었다.

그리고 최상급 마족들이 존재하는 곳으로 향하였다.

파아아아앗!

그리고 뭐라 말릴 사이도 없이 한 존재의 몸으로 흡수되어 갔다.

"세, 세를리아!"

눈이 번쩍 떠졌다.

내가 거부한 마신의 의지.

놀랍게도 마족 소녀 세를리아에게 임하고 있었던 것이다.

Chapter 435

마계대공 카르얀

마계
대공
연 대 기

"이제… 우리는 영원히 이곳을 나갈 수 없답니다. 나의 사랑… 타겐……."

심장에서 울컥거리며 붉은 피가 흘러나왔다.

그런 마황의 심장을 새하얀 손으로 막고 있는 황녀 레비요르.

미소 짓고 있었다.

사랑하는 이가 죽어가고 있건만 행복한 미소를 짓고 있음이 이율배반적으로 보였다.

"라아아, 라이이이이이아아아~ ♪♬"

황녀 레비요르의 입에서 흘러나오는 나지막한 목소리.

천상의 음률처럼 신비하기 그지없었다.

"라아아… 라이이아아아아아아~ ♫"

또로로록.

두 눈을 감고 마황의 심장을 두 손으로 누르며 부르는 황녀의 맑고 고운 노래.

파아아아아아아아아아앗.

천천히 그녀의 몸이 환하게 밝아졌다.

팟!

그리고 황녀의 등 뒤로 솟아나는 에테르 윙.

하나, 둘, 셋, 넷, 다섯, 여섯… 그리고 일곱, 여덟!

마황과 천황도 소유하지 못한 여덟 장의 에테르 윙.

파앗, 파앗, 파앗.

눈보다 더 새하얀 광채가 황녀와 마황을 감싸기 시작했다.

"당신께~ 받은 사랑과 가피~ 이제 돌려 드리겠나이다……. 오르드안느~ 나의 길잡이시며 마음의 주인이셨던… 당신께 모든 것을 드리겠나이다……. 라아아아아아~ ♪ 라이아아아아아~ ♫"

천신 오르드안느를 향한 레비요르 황녀의 눈물의 노래.

천신의 방패로서 천신을 대신하여 천계를 보호하던 의무자로서의 역할을 이제 끝내려 하였다.

사실 마황은 모르고 있었지만 천신의 가피를 받는 황녀 레비요르는 마황보다 더 강하였다.

그렇기에 마황의 피를 마시고 잠시 기절은 했을지언정 깊은 잠에는 빠지지 않았다.

모든 것을 지켜보았다.

마황이 자신을 떠나갈 때 보였던 고뇌와 무거운 짐을 알고 난 뒤에 마황의 뒤를 쫓아 마계에 들어갔다.

그리고 마황이 스스로 검에 찔려 죽음을 택할 때 그를 받아 자신들의 거처로 돌아왔다.

파아아아아아아앗!

황녀 레비요르의 선택을 천신 오르드안느가 받아들이는 듯 에테르 윙의 하얀 날개에서 점점 빛이 났다.

스르르르륵.

마황의 심장에 난 상처가 빠르게 아물어갔다.

동시에 황녀의 전신을 감싸던 천신의 가피 같은 하얀 빛이 사라져 갔다.

어느 순간 마황의 심장에 난 상처는 모두 사라졌다.

쿵쿵.

평소처럼 힘차게 뛰기 시작하는 마황의 심장.

촤아아아아아아아아아악!

그 순간 황녀와 마황을 감싸던 새하얀 빛이 천장을 뚫고 하늘로 치솟아올라 갔다.

황녀 레비요르에게 내려졌던 천신의 방패라 할 수 있는 천신의 가피가 거두어지는 순간.

사라락.

사랑하는 이를 위하여 신을 버린 황녀가 마황의 심장 위에 얼굴을 묻었다.

쿵. 쿵. 쿵.

귓가에 들려오는 마황의 생명에 가득 찬 심장 소리.

"전… 당신만 있으며 된답니다. 나의 사랑… 타겐."

마황에게 속삭이는 황녀의 뜨거운 사랑 고백.

스으윽.

조용히 마황의 가슴에 엎드린 황녀의 가는 허리를 껴안는 단단하고 두꺼운 남자의 굵은 팔.

"나도… 당신을 영원히 사랑한다오… 레아……."

죽음의 경계에서 돌아온 마황, 아니, 타겐.

"아……."

마황의 영원한 사랑 고백에 작은 신음을 터뜨리는 레비요르 황녀.

이제 모든 게 끝이었다.

새로운 마황이 마계를 지배하여 또 천족과 피를 흘릴지 모르지만 새로이 태어날 천신의 방패가 존재한다면 천계뿐만 아니라 환수계와 모든 차원들이 균형을 이룰 것이다.

황녀 레비요르가 할 일은 모두 마쳤다.

마황이 그녀를 이용하고자 하였으나 마황은 몰랐다.

그런 마황을 무한한 사랑과 포용으로 뒤덮어 버린 황녀 레비요르의 진정한 뜻을 말이다.

"안 돼애애애애애애애애애!"

촤아아아아아아아아아아악.

안 된다는 나의 비명과 농시에 세를리아 몸을 강타하는 마신의 권능.

슈우우우우우우우욱.

세를리아의 몸이 공중으로 순식간에 떠올랐다.

파아아아아아아아아앗.

그런 세를리아의 몸에서 마신의 권능이라 불리는 암흑의 기운이 하늘로부터 내리꽂히기 시작했다.

"오오오오오오! 마신께서 직접 마황님을 택하셨다!"

"마신께 영광있으라!"

"마신 강림!!!"

쿵! 쿵! 쿵!

미친 마족 새끼들이 바닥에 대가리를 처박으며 마신 강림을 외쳤다.

'당신 정말… 죽여 버리고 싶다!'

마신이라는 존재를 만나면 갈가리 찢어 죽이고 싶었다.

마황이 된 세를리아는 생각만으로도 끔찍했다.

칼바르혼 마황조차도 마신께 대항 못하고 스스로 심장에 검을 박으며 벗어났다.

그 정도로 마황에게 있어 마신은 엄청난 영향자.

세를리아가 마황으로 각성된 뒤에 성격이 바뀌지 말라는 법이 없었다.

순수하고 여린 마음을 가진 세를리아가 마황이 되어 천계를 비롯한 다른 차원계에 피비를 뿌리는 것을 원하지 않았다.

"마신 강림! 마신 강림! 마신 강림!"

마황이 사라졌건만 새로운 마황이 선택되자 동요하지 않고 열광하는 마족들.

이제 어찌할 수 없었다.

아무리 대자연의 이치를 깨달아 신이 허락한 고대 마법 주문어를 마음껏 사용할 수 있다 하여도 신의 직접 개입에는 방법이 존재하지 않았다.

"으득."

이가 갈렸다.

마신의 잔혹한 선택에 분노가 치밀었다.

저럴 줄 알았다면 차라리 내가 마황이 되고 말 것이라 후회하였다.

파아앗, 파아앗, 파아아아앗!

마신의 권능이 임하는 세를리아의 몸에서 엄청난 검은 마기가 흘러나왔다.

파스스스스슷.

그리고 이내 마신의 권능에 의하여 각성된 세를리아의 마력.

등 뒤로 에테르 윙이라 불리는 마력의 정화가 생성되기 시작했다.

'여, 열 장!'

그것도 과거와 비교할 수 없는 무려 열 장의 날개.

"대마황으로 선택되셨도다!"

"차원의 군림자인 대마황을 마신께서 보내셨도다!!!"

"와아아아아아아아아아아!"

마족들이 열 장의 에테르 윙을 보며 대마황이라 환호성을 터뜨렸다.

'대마황······.'

대마황이 뭔지는 몰라도 결코 좋을 것 같지 않은 어감.

멍하니 변화하는 세를리아를 바라볼 수밖에 없었다.

제발 각성 뒤에도 그 여린 마음이 변하지 않기를 간절히 소망하면서.

파앗!

"······!!!"

그때 갑자기 마신의 권능으로 가득 차 어두운 하늘에서 거대한 새하얀 빛줄기가 나타났다.

촤아아아아아악.

"헉!"

나타났다 싶은 순간 그대로 대마황으로 각성하고 있는 세
를리아의 몸에 임하는 새하얀 빛줄기.

"처, 천신의 가피……."

"으헉! 처… 천신의 가피다!!!"

환호하던 마족들이 비명을 터뜨렸다.

'처, 천신의 가피!!!'

정신이 하나도 없었다.

대마황으로 선택된 세를리아에게 임한 천신의 가피.

'이게 지금 무슨 일이란 말인가!'

마신에 의하여 대마황으로 선택된 세를리아에게 질투라도
하듯 천신의 가피가 임해 버렸다.

보고도 믿을 수 없었다.

마계 역사상 이런 일이 있다고 들어본 적이 없었다.

"왜, 놀랍나?"

"테, 테르드오님……."

어느새 내 곁으로 날아와 있는 반만년 마족 할배.

"참으로 신들의 계획은 알 수가 없어. 저 어린것에게 마신
과 천신의 축복이 동시에 임하다니… 드디어 하나가 되신 것
이야. 빛과 어둠이… 깨달음을 얻어 서로를 인정하신 것이
야……."

알 수 없는 말을 하는 테르드오.

감격함이 눈동자에 가득했다.

파아앗, 파아아앗, 파아아아아앗.

변하고 있었다.

죽은 듯이 공중에 떠서 잠을 자는 자세로 누워 있는 세를리아의 몸에 빛과 어둠이 휘돌기 시작했다.

인정은 하시만 섞일 수는 없는 것 같았다.

"처, 천신의 가피가……."

무려 열 장의 에테르 윙이 나타났던 세를리아의 마력의 정화.

다섯 장의 날개가 어둠의 마력을 물리치고 새하얗게 빛나기 시작했다.

그뿐만 아니었다.

날개뿐만 아니라 세를리아의 새카맣던 머리칼 한쪽이 천황의 일가처럼 은빛으로 물들어갔다.

'서, 설마 마황과 천황의 핏줄이라……. 세, 세상에!'

마신과 천신의 축복이 세를리아에게 임한 까닭을 조금이나마 짐작할 수 있었다.

마황의 딸이자 천신의 방패인 천황가의 황녀를 엄마로 둔 세를리아.

마신과 천신의 접합점이 있었다.

마신이 세를리아를 대마황으로 만들자 보고 있던 천신이 질투하여 세를리아를 천신의 방패로 만들어 버릴 수도 있었다.

테르드오가 말한 서로에 대한 인정이 아니라 질투에 의하여 이런 일이 벌어질 수도 있는 법.

"하아, 이걸… 복이라고 해야 하나."

신들도 감정을 소유하고 있다고 도사 할배들에게 들은 적이 있었다.

선신은 태어날 때부터 선한 일만 해야 하고 악신은 그 반대로 악한 일만 해야 하는 운명이라 하였다.

그런 관점에서 보자면 지금 세를리아의 몸에 나타나는 현상은 신들의 나름대로의 질투에 의한 관여로 볼 수 있었다.

파아아아앗.

"헛!"

그렇게 세를리아에게 닥치고 있는 신들의 축복 현상을 마족들과 함께 멍하니 보고 있는 사이 갑자기 창공 한쪽이 번쩍이며 일단의 인물들이 나타났다.

"천황 수호군단은 속히 천신의 방패를 보호하라!"

"명!"

'…천황 수호군단!'

놀랍게도 마신의 축제장에 나타난 이들은 천계 천황가를 수호하는 천황 수호군단.

"호오, 천황이 직접 나타났군!"

'천황… 황태자! 세비요르 황녀!'

천황 수호군단을 지휘하는 천황 라키트리아.

황태자 샤르칸트와 황녀 세비요르도 함께 나타났다.

그것도 은빛 광채가 번뜩이는 갑옷과 검으로 중무장한 채 나타난 천족들.

"뭐, 뭣들 하느냐! 대마황님을 보호하라!"

"마황 친위대는 무얼 하느냐! 천족으로부터 대마황님을 수호하라!"

마왕들의 재빠른 명령.

마신이 선택한 마황은 그 무엇보다 우선되는 존재.

파앗!

지상에 대기 중이던 마황 친위대들이 공중으로 치솟아올랐다.

그리고 세를리아에게 접근하려는 천황 수호군단을 막아섰다.

"비켜라! 천신의 가피를 받으신 천신의 방패를 천계로 모셔가야 한다!"

"닥쳐라! 저분은 마신께서 직접 택하신 대마황님이시다!"

"뭣들 하느냐! 막아서는 마족들을 모조리 베어버리고 천계로 천신의 방패를 모셔가라!"

천황의 입에서 내려지는 싸늘한 명령.

천황이 대기 중이었던 것 같았다.

천황 정도 되는 능력자가 바짝 긴장하며 대기하고 있었다면 새로이 태어나는 천신의 방패의 탄생을 모를 리 없을 것.

자신의 딸이었던 황녀가 사라져 천계에 위기가 왔었다.

그렇기에 모든 힘을 다하여 천신의 방패를 찾아 나선 천황일 것이리라.

'난리도 아니네.'

마계와 천계 역사상 처음 있는 일.

마황 친위대와 천황 수호군단이 검을 빼 들고 서로를 공격하려는 일촉즉발의 순간.

"모두 멈추시오!!!"

내가 나설 수밖에 없었다.

파아아아아아아앙.

대자연의 기를 사용하여 외쳤기에 모두 다 들을 수 있는 나의 외침.

천족과 마족들 모두 나를 바라보았다.

팟.

세를리아 곁으로 날아갔다.

척!

그리고 검을 들어 고대 마법 주문어 다섯 자를 조합하였다.

화르르르르르르르.

그 순간 대자연의 기를 빨아 마시며 검에 깃드는 신령스러운 천지간의 모든 기운들.

"그 누구도 세를리아를 건드릴 수 없소!"

당당하게 세를리아를 보호하여 외쳤다.

"나, 마계대공 카르얀의 이름으로 명하노니! 모두 제자리로 돌아가시오! 마황이자 천신의 방패이신 세를리아는… 내가 보호할 것이오!"

촤아아아아아아앗.

갑자기 입에서 튀어나온 마계대공이라는 칭호.

전혀 예상치 못했건만 누가 허락한 것도 아닌데 마계대공이라는 단어가 뱉어져 나왔다.

"마… 마계대공!"

"으으……."

모든 천족과 마족들을 짓눌러 버릴 정도로 대자연의 기를 무겁게 뿜어내었다.

마황도 쓰러뜨린 나였다.

천황을 비롯하여 그 누구도 무섭지 않았다.

"뭣들 해! 마계대공 전하께서 명하시잖아! 축제는 끝났다! 마족들은 모두 각자의 성으로 돌아가거라!"

마족들의 마법 스승 테르드오가 나를 거들었다.

"어이~ 천황 나으리~ 천신의 방패에 대해서 조만간 정리해서 통보해 줄 터이니 돌아가 계시오."

"그, 그럴 수 없다! 만약 천신의 방패가 없는 천계를 사악한 네놈들이 공격해 온다면……."

차마 뒷말을 하지 못하는 천황.

"그럼 거기 있는 마계대공에게 물어보시오. 방금 전에 마

황의 심장에 화끈하게 검을 박아 넣으신 마계의 절대자이
니."

"헛!"

"마, 마황을……!"

테르드오의 말에 천황을 비롯한 천족들의 얼굴이 굳어버
렸다.

"돌아가 계십시오. 세를리아가 깨어나면… 찾아뵙겠습니
다."

천황에게 돌아가기를 청하였다.

"그리고 제 약속은 지켰습니다. 이제는 천황께서 지킬 일
만 남았습니다."

마황을 막아주기로 한 나의 약속.

"…알겠다."

"아바마마! 저자는 간악한 인간으로서……."

쫘악.

언제나처럼 나에게 시비를 걸던 재수탱이 황태자 샤르칸
트의 얼굴에 작렬하는 천황의 매서운 손바닥.

"못난 놈!"

"아바마마……."

"돌아간다!"

"몀!"

아들을 후려갈긴 천황이 천황 수호군단에게 명을 내렸다.

"그 아이를 잘 부탁하네, 내 사랑하는……."

차마 손녀라고 말 못하는 천황.

애틋한 눈빛으로 세를리아를 한 번 바라보았다.

사락.

황녀 세비요르가 활짝 미소 지으며 나를 향해 고개 숙여 감사 인사를 해왔다.

"이동!"

파아앗!

영창과 함께 올 때처럼 빛과 함께 사라지는 천족들.

"야! 이 대가리에 피만 든 새끼들아! 마계대공님 말씀 안들려? 야! 포르테니우스! 너 애들 데리고 안 꺼져? 지금 이 순간부터 마황성에 본래 거주한 마족이나 친위대 말고 눈에 띄는 새끼들 있으면 모두 대갈통을 돌에 갈아 죽을 만들어 마물들 간식으로 던져 줄 것이니 그리 알아! 이런 썅!"

처음 보는 반만년 마족 할배의 용병 같은 거친 언어.

"으아아아아아!"

"내가 먼저야!"

우르르르르르르르르르르르르르.

"저리 비켜, 새끼야! 나 최상급 마족이야!"

"지랄하네! 내가 먼저야!"

거대한 마계 마신 축제장이 난리법석통이 되었다.

마계 이인자였던 마왕 포르테니우스부터 시작하여 구경

나온 하급 마족들까지 모두 축제장 밖으로 사라져 갔다.

파앗! 파앗! 팟!

마법도 사용하면서 사라지는 마족들.

어느 순간 거짓말처럼 수십만에 달하는 마족들 모두 사라져 버렸다.

스으으읏.

그리고 대마황과 천신의 가피의 증표였던 열 개에 달하는 에테르 윙을 몸으로 흡수한 세를리아.

사락.

그녀의 몸을 가볍게 안았다.

'수고했어, 나의 귀여운 마족 소녀여.'

무슨 꿈을 꾸고 있던가.

입가에 행복한 미소 하나 베어 물고 있는 세를리아.

"마황 친위대는 마황님과 마계대공님을 호위하라!"

"명!"

테르드오 입에서 내려지는 명령.

촤라라라라락.

어느새 다가와 주변을 경계하는 마황 친위대.

'이제 끝인가요?'

세를리아를 안고 하늘을 보았다.

마력 태양도 꺼진 축제장 너머 하늘에 총총히 뜨고 있는 별들과 세 개의 달님들.

묻고 싶었다.

길고 길었던 내 연대기가 끝이냐고.

파앗.

대답은 없었다.

하늘에 떠 있는 별들 사이로 흐르는 몇 개의 유성우.

"후훗······."

그래도 좋았다.

비극이 아닌 희극으로 끝날 것 같은 이야기.

품에 안긴 세를리아처럼 내 입가에도 평안한 미소가 깃들었다.

이제 중간계로 돌아가 미미만 데리고 집에 가면 되었다.

더 이상 나를 막을 자는 이곳 차원계에서는 아무도 없었다.

마계대공 카르얀.

이름 하나 정말 멋있었다.

Chapter 436

마계의 최강자

"정말 지독하고 놀라운 인간 계집이군. 호흡하며 생명에 필요한 마나들을 흡수하다니… 후후. 재미난 장난감이야."

지난 몇 달 동안 꼼짝 않고 잠을 자고 있는 인간 여인을 바라보고 있는 블루 일족의 프레모디스.

아직도 깨어나지 않고 잠자는 인간 계집을 향해 집념의 눈빛을 보냈다.

마나 스캔과 여러 마법적 지식을 동원하여 확인한 바에 의하면 인간 계집은 먹지 않고서도 살 수 있는 생명체였다.

드래곤도 수백 년간 아무것도 섭취하지 않고 대기의 마나를 흡수하며 잠을 잘 수 있지만 인간이 이런 능력을 소유하고 있다는 사실이 믿기지 않았다.

"조금만 더 기다려 주지. 그때도 깨어나지 않는다면 정신을 파괴하여 영원한 내 종으로 만들 것이야. 크크크."

호기심도 강하지만 생각보다 인내심은 그리 강하지 않은 드래곤.

몇 달 동안 자신을 꼼짝 못하게 만든 인간 계집의 고집에 슬슬 짜증이 밀려왔다.

세상에 오로지 자신밖에 소중한 존재가 없는 드래곤들에게 있어 인간이 이 정도로 호기심을 자극하는 일은 드물었다.

"그 인간 마족 놈은 어떻게 지내고 있지? 이 계집과 특별한 사이인 것 같았는데. 흐흐."

연구 대상이자 미끼로 포획한 인간 계집.

인간치고는 상당한 미모였다.

그러나 드래곤에게 있어 인간의 미추는 아무런 감흥도 주지 못하였다.

오크나 인간이나 드래곤들에게 있어서는 하등 종족의 못난 모습일 뿐이었다.

"엄마……?"

"오… 내… 아기! 오오오… 신이시여……. 감사합니다! 감사합니다! 이제 죽어도 여한이 없나이다……. 사랑하는 내 딸… 세를리아……. 내가… 너의 엄마란다."

"엄마! 엄마아아아아아아아아아아아아아!"

타다닥.

"오오오! 아, 아가야!!!"

와락.

실로 길고 긴 세월 동안 헤어졌던 엄마와 아이가 만났다.

수천 년을 넘게 사는 종족이라지만 부모에게 있어 자식은 죽을 때까지 어린아이라는 사실을 눈으로 보고 있었다.

마계의 주인 마황이자, 천계를 수호하는 천신의 방패로 새로 태어난 세를리아.

마황성에 거주할 수 없었다.

마계에만 머무르면 천황이 가만히 있지 않을 것.

직접 찾아가 담판을 지었다.

마계대공이라는 직함으로 세를리아를 대신하여 천황과 타협을 본 바로는 세를리아의 거주지는 마황성이 아닌 차원계 영토로 삼자는 것이었다.

그리하여 보고 싶을 때 언제나 볼 수 있고, 천계의 보호 장치로도 사용하고자 하는 천황의 속마음.

쿨하게 받아들였다.

마황성에서 인간미 없는 마족들과 생활하느니 차원계 영토에서 보고 싶으면 천계도 갔다가 마계도 왔다 갈 수 있으면 세를리아의 정신 건강에 좋을 것 같았다.

더욱이 차원계 영토에 위치한 한곳에는 세를리아가 평생

보고 싶어한 이들이 있었다.

"엄마! 엄마! 엄마! 우아아아아아아아앙!"

엄마 품에 안겨 서럽게 엄마를 부르는 세를리아.

"아가야… 아가, 내 사랑하는 아가야……. 흑흑."

엄마라 불리는 여인도 다 큰 아이를 안고 울음을 멈추지 못했다.

이루어질 수 없는 사랑이지만 과감히 세상에 생명을 탄생시킨 엄마라는 이름.

서로 다른 차원과 가문 때문에 아이를 빼앗기고 살아왔던 서러움의 세월.

마황이라는 이름으로 행해진 일들 때문에 기억도 못하는 어린 시절.

마신의 권능을 사용하여 펼쳐진 강력한 마법인지라 기억을 되찾을 수 없다 하였다.

더욱이 지금은 마신에게 받은 힘이 없기에 고치고 싶어도 고쳐 줄 수 없는 마황, 아니, 못난 아빠 타겐.

"미안하다… 세를리아… 레아……."

내 옆에 서서 괴로운 표정으로 끌어안고 있는 아이와 아내에게 용서를 구하는 마황.

스스로 검을 심장에 꽂아 마신과의 인연을 끊었던 마황.

이제 과거와 같은 마황의 투기는 느껴지지 않았다.

"앞으로 잘하십시오."

"고맙네. 자네 덕분에 내가 진정으로 원하던 것을 찾았네."

"필요하시면 말씀하십시오. 마계대공인 제가 천족이고 뭐고 싹 쓸어서 바칠 터이니."

"마계대공?"

"이름 괜찮습니까?"

"흐음… 마황보다는 못하지만 제법 무게가 있군."

"마황을 쓰러뜨린 제 스스로 만든 호칭이니 마황보다 멋지지요."

"푸하하하하."

무엇이 그리 우습던지 호탕한 대소를 터뜨리는 명예퇴진 마황.

"경치 좋은 곳에서 어여쁜 부인과 사랑스러운 딸, 아니, 대마황을 모시고 사시니 행복하겠습니다."

"자네 덕분이지. 원한다면 말하게, 자네를 위해서 집 한 칸 장만해 놓겠네."

"당연한 거 아닙니까? 타겐님 덕분에 죽다 살아났는데……."

"한 번 구해줬잖나. 그걸로 퉁치세."

"헉……."

"그리고 자꾸 나를 구박하면 세를리아와 못 만나게 할 터이니 그리 알게."

"……"

누가 전직 마황 아니랄까 봐 마음대로 일을 처리했다.

"뭐, 그럽시다. 과거 일은 다 잊고 사이좋고 행복하게 살지요."

"하하. 그리 말해주니 고맙네. 그런 의미에서 오늘 저녁은 내가 하지."

"싫습니다. 제가 할 겁니다."

"왜 나를 못 믿나?"

"당연하지요. 여기 사는 기억 잃으신 이들이 그러던데요. 타겐님이 만든 음식은 배고픈 마물도 안 먹는다고."

"끙……"

마황과 유쾌한 대화가 이어졌다.

마황이라는 무거운 짐을 털어버린 타겐.

한없이 자유로운 얼굴로 자신의 사랑하는 딸과 아내를 보고 있었다.

쿠라라라라라랑.

쿠라라라라라라!

'카벨리온의 어머니였다니… 참 인연이 무서워.'

하늘을 날며 아웅다웅하는 두 마리의 덩치 큰 날개 달린 환수.

놀랍게도 내 주니어 카벨리온이 마황이 소환하는 카벨리온의 자식이라 하였다.

자웅동체였기에 남녀의 구분이 없는 카벨리온.

환수의 제황답게 때가 되면 마력을 이용하여 새끼를 낳는
다 하였다.

내가 처음에 만났을 당시 카벨리온이 작았던 이유는 마황
이 어미를 납치해 갔기 때문에 제대로 된 마력을 공급받지 못
했기 때문이라 하였다.

그러던 중 나에게 소환되면서 본격적으로 마력과 교통하
는 법을 배웠고, 나와 함께 생활하면서 마력을 응용할 수 있
어 저렇게 성장하게 되었다 하였다.

물론 환수령에 존재하는 신들의 법칙 때문에 시간이 무의
미한 이유도 있었다.

"카르얀, 그런데 자네 그거 알고 있나?"

"네? 무엇을 말입니까?"

"마계의 진정한 강자를 말이야."

"그야… 세를리아 아니면 저 아니겠습니까?"

"크크크. 아니야. 자네는 절대 그를 못 이겨."

"헉! 그게 누굽니까? 그런 강자가 마계에 있습니까?"

"있지, 아주 무서운 분이시지. 솔직하게 6,000살에 가깝다
말하시지만 그분의 나이는 진실로 얼마인지 아는 분이 드물
지."

"설마 테르드오님!"

"맞아. 이건 자네에게만 말하는 바네만, 내 전대 마황님도

사실 그분에게 개기다가 맞아 죽었네."

"컥!"

"그래서 내가 마황이 될 수 있었지. 사실… 나도 그분이 무서웠었네."

'맞아! 고대 마법 주문어도 다 알고 있고… 으아아! 마족 구렁이 같은 할배 같으니라고!'

"내 조용히 알아본 바에 의하면 테르드오님은… 사실 마계의 마황이셨다고 하더군. 그러다 어느 날 마황의 지위를 버리고 온 차원을 여행하셨다는 말이 있네."

"차원 여행요?"

"그렇지, 혼자서도 차원을 여행하실 수 있는 대단한 능력을 소유하고 있는 분이야."

"컥!"

갑자기 숨이 턱하고 막혔다.

처음에 내가 차원 이동에 대해서 물을 때 전혀 모른다 시치미를 떼고 천족이 잘 알고 있다는 소리를 해대던 테르드오.

'환장하겠네. 그럼 여태 테르드오 손바닥에서 놀아났던 거야?'

마왕을 비롯한 마족들의 머리통을 갈아버리겠다고 고래고래 소리 지르던 테르드오의 무서웠던 모습.

전직 마황 출신이라면 가능했다.

'그럼 내가 개고생하지 않고서도 지구로 돌아갈 수 있었다는 말이잖아?

"하아……."

길게 한숨을 내쉬었다.

"미워하지 말게. 그분만큼 마계를 비롯하여 모든 차원계를 사랑하시는 분이 없으시네. 아마 자네가 마계대공이 될 수 있었던 이유도 그분의 안배 때문일 걸세. 내가 마황이 될 수 있었던 것처럼……."

"네……."

할 말이 없었다.

테르드오가 인간인 나를 차별하지 않고 고대 마법 주문어를 가르쳐 주었기에 오늘에 이를 수 있었다.

"이제 어떻게 할 생각인가? 마계에서 머물 생각인가? 아니면 중간계로 내려갈 참인가? 그것도 아니면 자네가 살던 차원으로 갈 터인가?"

선택을 묻는 마황.

"일단 중간계로 내려가야 합니다. 그곳에서… 못다 한 일들을 정리하고 와야 합니다."

"하하. 부럽네. 이제 내가 할 일은 가족을 사랑하는 일밖에 없는데 자네는 많은 일이 남아 있다니."

'마황님! 저도 모태솔로 탈출하여 여우 같은 애인과 해피하게 놀고만 싶습니다!'

차마 마황에게 말하지 못했다.

아직 내가 지독한 모태솔로의 저주에서 완벽하게 풀리지 않았다는 사실을 말이다.

　"왜 그러셨습니까?"
　"뭘?"
　"절 바로 제집으로 보내주시면 될 것을… 왜! 뺑뺑이를 돌리셨냐고요!"
　"재밌잖아~"
　"네?"
　"흐흐. 이왕 타 차원에 놀러 왔는데 아무런 추억 없이 돌아가면 허무하잖아. 언제 다시 여행할지도 모르는데 좋은(?) 기억들을 남겨봐야지~"
　"테르드오님!!!"
　"떼끼! 살살 말해. 귀 안 먹었다."
　'이 할배… 꼭 사기꾼 도사 할배들 같더니.'
　처음 볼 때부터 무언가 심상치 않았던 반만년 마족 할배.
　아니, 나이도 모르는 불사신 사기꾼 할배.
　"내놓으세요."
　"뭘~"
　"인간들 마법 다 알고 계시죠?"
　"…뭐, 그야……."
　"중간계를 수시로 들락거린 거 다 알고 있습니다."

"무슨 소리야! 한 1,000년 정도는 안 갔어~"

"그러니까 내놓으세요."

"그래, 주마. 마계대공이나 되는 놈이 쪼잔하게 인간들 마법을 배워서 어디에 쓰려고. 소환!"

마황성에 있는 테르드오의 연구실.

손 내미는 나에게 테르드오는 아공간을 열어 마법책들을 꺼내 주었다.

"귀찮아요. 9서클 마법까지 다 전이 마법으로 집어 넣어주세요."

"푸하하하. 그래, 가르쳐 주마. 역시 넌 통이 커서 마음에 들어. 마족 놈들은 나이만 먹어가지 통이 다 작아. 네가 마음만 고쳐 먹는다면 여기 말고 다른 차원에 가서도 재미있게 놀 수 있는데. 내가 한 1,200년 전쯤에 간 곳은 말이야. 너 같은 인간들이 마법도 없이 하늘을 날고 인간들 말로… 그래! 그랜드 스피릿이라 불리는 마력을 거짓말 아니고 우박처럼 쏟아내더라! 내 여러 곳을 여행해 봤지만 그렇게 위험한 곳은 처음이었다."

'그랜드 스피릿을 우박처럼? 인간들이라고?'

테르드오의 말을 듣고 있자니 머리에 그려지는 장면.

"플라이 마법도 없이 막 날아다니고 엘프도 아니건만 숲속에서 엄청난 속도로 달리지 않나요?"

"오! 맞아! 넌 어떻게 아느냐? 설마 네가 살던 곳이 그곳이

더냐?'

"아닙니다."

"그럼 너도 여행 좀 해봤느냐?"

'여행은 무슨… 완전 무협 영화에 나오는 장면이잖아.'

테르드오의 말에 입을 다물었다.

"바쁩니다. 빨리 처리 좀 해주세요."

"허어. 그래, 미안하다. 100년밖에 못 사는 인간에게 내가 뭘 바라겠느냐. 다만 중간계에 가면 드래곤들에게 안부(?) 좀 전해줘라. 걔들은 얼마 살지도 못하는 것들이 어찌나 무게만 잡는지… 쯧쯧. 내가 한 만 년만 젊었어도 그것들 버릇 좀 단단히 가르쳐 줄 터인데."

"알겠습니다. 개기면 확실히 패주겠습니다."

"그래야지. 명색이 마계대공인데 개기면 패! 내가 살 만큼 살아봐서 아는데 앞에서 헛소리 지껄이는 것들한테는 주먹만큼 좋은 약이 없더라."

'아! 그래서 마황을 때려 죽이셨군요.'

차마 입으로 뱉지 못하는 마음속의 생각.

"자리에 앉아라. 간단히 넣어주마. 고대 마법 주문어를 완벽하게 소화하는 너라면 9서클 마법은 아무것도 아니지."

"확실하게 부탁드립니다."

"확실? 너 나 못 믿어?"

"네… 썩 그렇게 믿음이 가지 않습니다."

"와! 이 녀석 보게. 마계에서 개죽음당할 걸 이것저것 가르쳐서 살려놨더니 이제는 못 믿겠다고?"

"거짓말하셨잖습니까. 차원 이동 마법에 대해서 모르신다고……."

"그거야 네놈 추억 좀 만들어주려는 내 속 깊은 뜻이라 말하지 않았더냐."

"속 깊은 뜻이 아니라 귀찮은 일 저에게 떠맡기신 게 아니고요? 100년도 못 사는 하찮은 인간 목숨 가지고 말입니다."

"아니… 내 뜻이 그게 아니라……. 큼큼."

내가 고작 20년을 살았지만 수천, 아니, 수만 년은 족히 살았을 마족 할배와의 주둥이 배틀에서는 질 생각이 없었다.

물론 테르드오의 성품이 특이하여 나를 받아줘서 가능한 일이지만 말로는 질 수 없었다.

"되도록 빨리 다녀오겠습니다. 그때 확실하게 돌려보내 주십시오."

"알았다. 거참… 마족 말 못 믿네."

확인을 받았다.

"화끈하게 넣어주십시오. 이것저것 귀찮다고 빼지 마시고요."

"알았다니까!"

씨익.

화를 내는 척하지만 그 어떤 마족이나 천족, 인간들보다 더 따뜻한 마족임을 알고 있었다.

세월을 하도 오래 살다 보니 경계를 넘어섰음이 분명한 테르드오 할배.

도사 할배들처럼 따스하게 느껴졌다.

"자, 간다~!"

파아아앗.

눈을 감았다.

그리고 그 순간 빛과 함께 머릿속에 스며드는 수많은 빛의 알갱이들.

집으로 가는 쉬운 길을 참으로 멀고 어렵게 돌아왔다.

세상에 공짜가 없다는 사실을 확실하게 깨달으면서……

Chapter 437

사랑은 배신하지 않는다

아삭.

'크으, 사과 맛 죽이네!'

하늘이 참으로 맑고 시원했다.

천계의 하늘도 좋았지만 인간들이 사는 중간계의 하늘이 더 정감이 갔다.

"저 멀리 구름 하나 둥둥, 아삭하고 달콤한 사과 하나. 신선이 따로 없구나."

드디어 도착한 중간계.

마법 배우기 참 쉬웠다.

고대 마법 주문어를 완벽하게 터득한 나에게 정신적 한계는 없었다.

그저 하고 싶은 대로 할 수 있는 경지.

테르드오는 약속을 확실하게 지켰다.

중간계에서 사용하는 마법을 모두 집어넣어 주었다.

아마 인간들 중에서 나보다 더 마법을 잘 아는 이는 없었다.

"미미는 오비안 왕국에 있겠지?"

워낙 경황없는 와중이었기에 미미와 많은 이야기를 나누지 못했다.

내 상태가 위급하여 요상법으로 치료해 주었던 미미.

유리케르에게 기다리고 있겠다는 말만 남겼다.

그러나 미미와 대화하던 중에 알게 된 미미디안 드 모요르라는 이름.

오비안 왕국의 구원의 영웅이 바로 미미였다 하였다.

"영지가 무사한지 살짝 돌아보고……."

아베르스 영지 상공 위로 차원 이동하였다.

영주성의 좌표를 알고 있기에 처음으로 이동해 보았건만 살짝 좌표가 어긋나 있었다.

좌표가 흐르는 중간계.

그사이 좌표가 바뀌어 있었다.

그러나 먼 곳은 아니었다.

자이언트 산맥 초입 상공에 도착했다.

그리고 눈에 보이는 야생 사과 하나를 물고 영주성으로 날아가는 중이었다.

계절은 어느새 가을.

자이언트 산맥 곳곳이 오렌지 빛깔로 채색되어 있었다.

툭.

들고 있던 사과가 힘없이 떨어졌다.

"어, 어떻게 된 거야……."

산맥을 벗어나자마자 보이는 과거 내 꽃사슴 농장터.

크라라라라라라.

취이이이이익, 취라라라라라.

폐허가 되어 있었다.

모든 힘을 다하여 성을 복구해 놓았건만 남아 있는 거라고
는 오크들뿐.

팟!

블링크 마법이 자동 시전되며 고성의 상공에 이르렀다.

"다 어디로 간 거야! 모두 다!!! 어디 간 거야!"

인간의 흔적은 그 어디에도 없었다.

미미도 걱정되었지만 중간계 인간들 중에서 어찌할 자가
없이 강하기에 제일 먼저 찾아온 아베르스 영지.

작위가 박탈당하고 이제는 내 땅이 아니었지만 나와 몇 달
을 피땀 흘려 함께 했던 이들을 잊을 수 없었다.

"서, 설마……!"

파앗!

생각과 함께 몸이 이동했다.

9서클 의지 이동 마법.

자신이 기억하는 공간으로 바로 이동할 수 있는 이동 마법의 극한.

차원 이동할 때와 달리 온 힘을 다하여 마법을 사용하였다.

취라라라라라라라!

쿠리리리, 쿠라.

카취카취라라라.

"헉……."

아베르스 영지의 중심 도시인 다벤 성 상공.

비록 영지 기사들이 나를 위하여 장렬하게 산화되었지만 남아 있는 훈련 중인 기사들과 다이아나 공주, 그리고 왕국을 도와주기로 했다는 쥬아스 왕국 때문에 안전할 것이라 생각했었다.

그러나 모두 다 내 착각이었다.

인간의 모습은 보이지 않았다.

다벤 성에 거주하던 원래 영지민들뿐만 아니라 성 밖에 건설되어 있던 난민촌과 이제 막 생성되어 가던 마을……. 모두 다 폐허였다.

남아 있는 거라고는 인간들이 쌓아 올린 반쯤 부서진 성벽과 불타 버린 집터, 그리고 가장 번식력이 강한 오크들뿐.

"모두 다… 죽은 거야……! 그런 거야!"

타 영지에 비해 숫자가 적다지만 10만이 넘는 난민까지 합쳐 어마어마한 영지민들이 존재했다.

그러나 뼈 하나 남지 않은 다벤 성.

"이 개새끼들아! 으아아아아아아아!"

화르르 분노가 극한으로 치솟았다.

"블레이즈 스토오오옴!"

그리고 펼쳐지는 8서클 화염계 대범위 마법.

팟!

대기 중에서 생성되는 수만 가지의 붉은 구슬.

쉬이이익.

지상으로 떨어져 내렸다.

퍼벙, 퍼버버버버버버버버버벙.

폭발하는 화염의 구슬.

<u>화르르르르르르르르르르르르르르르르르르르르르르르르</u>.

타올랐다.

초고온 고열의 화염의 폭풍.

다벤 성과 성 밖에 어느새 자리 잡은 오크 족 마을 위에 덮쳐지는 새빨간 화염의 폭풍.

휘리리리리리리리리리리리리리.

비명도 없었다.

마음이 이는 순간 자연스럽게 발현되는 고대 마법 주문어.

마법에 화염 주문어를 더하며 거대한 불의 회오리 폭풍을 만들어내었다.

스스스스스스스스스.

모두 재로 변하여 사라짐이 순식간이었다.

성벽들도 녹아내리고 탈 수 있는 모든 생물과 재료들은 재가 되어 하늘로 치솟아올랐다.

"아, 아니야… 다이아나가 그들을 버릴 리가 없어."

백성들과 왕실을 위하여 어쩔 수 없이 나를 버렸지만 자신의 백성들은 버리지 않았을 다이아나.

팟!

머릿속에 떠오르는 콜튼 왕국의 왕성.

빛과 함께 몸이 사라졌다.

"아, 아직 그들이 살아 있나요?"

"폐하! 놀랍게도 왕실과 왕국에 받은 은혜를 갚기 위하여 왕성에 사는 백성들이 의용군을 구성하여 버티고 있다 하옵니다! 성직자들과 성기사들, 그리고 실력있는 용병들이 참전하여 함락되지 않았습니다."

"겨, 경은 그게 놀라운 일이라고 생각하나요? 정녕 그들이 왕국과 왕실에 받은 은혜를 갚기 위하여 검을 들었을 것이라 믿는 건가요!"

"그렇습니다. 저와 같은 마음일 것이라 믿습니다!"

"아……."

쥬아스 왕국과 콜른 왕국의 국경 지대에 위치한 잘보크라는 남작가의 보잘것없는 성.

몬스터들이 무서워 왕성에서 도망쳐 나온 다이아나와 르아르 기사단, 그리고 얼마 남지 않은 병사들과 시녀들이 머물고 있었다.

콜른 왕국을 도와주기로 하였던 쥬아스 왕국은 지금 몬스터와 대전쟁 중이었다.

폰트론 왕국까지 삼켜 버린 포크온 제국과 8서클 대마도사 페르크안은 쥬아스 왕국은 침공하지 않았다.

몬스터들과 전투를 벌이다가 알아서 사라져 버릴 쥬아스 왕국 왕실과 기사, 그리고 병사들.

지금도 쥬아스 왕국이 자랑하는 군단들 상당수가 궤멸되거나 심각한 타격을 받고서 왕성 주변에서 마지막 항전 중이었다.

"정말 경은 기사도를 모르는 타락한 기사 중의 기사군요."

치욕적인 언사를 르아르 기사단장 디오니스에게 뱉어내는 다이아나 국왕.

예전의 밝고 건강한 아름다움은 모두 사라지고 없었다.

디오니스가 시종들을 시켜 먹을 것에 탄 약에 취해 끌려 나온 왕성.

가고 싶었지만 돌아갈 수 없었다.

눈앞의 더러운 기사 놈이 앞을 막아섰다.

"저는 오직 왕실의 안위만을 최우선으로 할 뿐입니다."

뻔뻔하게도 왕실의 안위를 최우선한다는 디오니스.

"꺼져! 꺼지라고, 이 개새끼야!!!"

갑자기 욕과 함께 손에 들고 있던 잔을 힘껏 던졌다.

와장창.

며칠간 불면의 밤을 보냈던 다이아나가 들고 있던 포도주 잔이 갑옷에 부딪쳤다.

주루루룩.

갑옷에 깨진 포도주 잔.

피처럼 붉은 액체가 갑옷을 타고 바닥에 흘렀다.

"쉬십시오."

공주의 난폭한 행동에 얼굴 하나 변하지 않는 디오니스.

고개를 숙이고 밖으로 나갔다.

과거 카르얀 공작이 착용하고 있던 왕실을 상징하는 페가론 급 소울 가드를 착용한 채로.

"오오… 신이시여……. 저의 죄를 어찌하나이까!"

신을 찾는 다이아나.

주루룩.

그저 하염없이 눈물만 흘릴 뿐이었다.

키라라라라라라라!

쿠아아아! 쿠아!

쥐이이이이이이익!

"노, 놈들이 다시 공격해 온다!"

"으아! 진화형 몬스터가 선두에 섰다!"

"막아! 놈들을 막아!!!"

단단한 성벽과 방어 마법진을 자랑하는 콜른 왕국의 왕성.

벌써 보름이 넘게 몬스터들과 공방이 이어지고 있었다.

왕국의 다른 영지 성들은 함락당해 있었고, 왕성을 기점으로 하여 후방 쪽의 얼마 안 되는 영지들만 아직 버티고 있었다.

그런 콜른 왕국의 마지막 보루 같은 왕성.

외성벽에는 전투할 수 있는 모든 이들이 모여 있었다.

후퇴한 영지의 병사나 자경단, 왕성에 있을 왕실이 마지막 희망이기에 모여든 백성들, 왕성에 거주하면서 불쌍한 이들을 버리지 못한 성기사들과 성직자들, 얼마 안 되는 기사들과 포크온 제국의 무식한 침공에 북쪽에서 도망쳐 나온 용병들까지.

실로 다양한 군상들이 모여 성벽을 방어하였다.

그 숫자는 10만이 넘어갔다.

왕성이기에 성벽은 길고 높았다.

왕실이 도망갈 때 빼간 마정석은 상인들이 공급하였다.

북부 지방은 완벽하게 포크온 제국과 암흑상단이 휘어잡고 있기에 살아남은 상단들은 존재하는 왕국들에 무조건 협력해야 했다.

살아도 같이 살고 죽어도 같이 죽는 상황.

다행이라면 프라우르 제국, 콘스트르, 오비안, 쥬아스 왕국에 진화형 몬스터를 선두로 한 몬스터 대군이 몰려갔다는 것.

그래도 지금 콜른 왕국 왕성을 포위한 몬스터들의 숫자는 약 30만.

자이언트 산맥에 거주하는 오우거, 트롤, 오크, 리자드, 노움 같은 모든 몬스터들이 공격해 왔다.

케라라라라라라라라라라!

쿠기기기기기기기!

수십 마리의 진화형 몬스터들이 이끌고 있었다.

"화… 화살이 다 떨어졌다."

"도, 돌을 던져!"

"뭐해, 나무 창이라도 던지라고!"

한 달 동안의 격전에 3만이 넘는 숫자가 죽었다.

진화형 몬스터와 몬스터들의 공격에 그나마 버틸 수 있었던 이유는 성기사들과 사제들이 상당수 참전하고 있었기 때문이었다.

거기에.

"뭐해! 이번 전투만 끝나면 떼돈이다! 새끼들아, 정신 차려! 저게 다 돈이라고!"

"쿠하하하하! 와라! 나 데라도 용병단의 카뮬라스가 가죽을 벗겨주마!"

용기를 잃지 않는 용병들이 기사들 몫까지 해주었다.

하지만 희망은 없었다.

이곳을 도와줄 조력자는 세상 그 어디에도 없었다.

공주와 기사들은 도망쳤고, 도와주기로 약속했던 쥬아스 왕국 놈들은 자신들 앞가림하기에도 바빴다.

그러나 힘없이 몬스터 밥이 되고 싶은 자는 아무도 없었다.

다행히 몬스터가 온다는 소식에 추수를 빨리 끝내 식량은 넉넉했다.

수탈해 가는 귀족들이 없기에 곳간에 넘치는 식량.

오랜만에 먹을 걱정이 없어진 백성들이지만 불행과 달리 행복은 동시에 찾아오지 않았다.

"소환!"

"달코로 소환!"

진화형 몬스터가 달려오는 장소에 있던 성기사들과 1급 이상의 용병들이 소울 가드를 소환했다.

그 숫자는 얼마 남지 않았다.

높은 성벽에 의지하여 진화형 몬스터들을 상대했지만 놈들이 그리 강한 몬스터들이 아니기에 지금껏 버틸 수 있었던 것.

매일 벌어지는 전투에 처음에 있던 소울 가드 기사들과 스피릿 나이트 급 실력자들이 이제는 수백 명도 남지 않았다.

쥐어짜고 쥐어짠 콜른 왕국의 마지막 힘.

쿼아아아아아!

취이잉, 취이이이익.

두두두, 두두두두두두.

기사단이 돌격해 오는 것처럼 대지를 울리며 돌격해 오는 수십만 몬스터 떼들.

놈들도 지쳤는지 눈동자에 흉포한 살기를 가득 담고 있었다.

쇄애애애애애액.

콰아아아아아아아아앙!

화르르르르르르르르르르르르.

"……!!!"

"허억……."

"마, 마법!!!"

그때 침을 삼키며 마지막 일전을 준비하던 피곤에 찌든 인간들 눈에 보이는 한 장면.

퍼어어어어어어엉! 퍼버버버버버벙!

하늘에서 떨어지는 화염의 벼락.

새빨갛고 거대한 불벼락이 몬스터들이 달려들던 공간에 연속으로 작렬하였고, 이내 땅이 뒤집히며 어마어마한 불길이 치솟았다.

쿠에에에에에에에에.

취아아아아아아!

몬스터들이 그 자리에서 타 죽으며 재가 되었다.

콰과과과과과과과과광.

뒤이어 작렬하는 새파란 전격의 폭풍우.

쩌저저, 쩌저저저저, 쩌저저저저저저저적.

파치치치치치치치치치치치치치칙.

쿠아아아아!

키아아아아아아아!

얼마나 강력한지 전격의 파장이 휩쓸고 지나간 자리에 있던 몬스터들의 몸뚱이가 수천 조각 걸레가 되어 터져 나갔다.

화르르르르르르르르르.

쩌저저저저저저저저저적.

동시 다발적으로 성벽 주변에 터지는 화염과 전격의 폭발.

"으헉!"

"뜨, 뜨거!"

"허어억……."

성벽 위까지 이글거리며 느껴지는 열기에 화들짝 놀라 고개를 숙이고 숨을 참는 인간들.

"9, 9서클 마법이야……."

"위… 위대한 존재……."

"드래곤이 나타났다! 드래곤이!"

얼이 빠진 마법사들의 몇 마디에 순식간에 드래곤이 나타났다는 말들이 사방으로 퍼져 나갔다.

덜덜덜.

"으으으……."

감히 고개를 들지 못하고 성벽 방어벽 밑에 고개를 숙이고 있었다.

갑자기 나타난 드래곤.

전설에 의하면 위대한 존재라 불리는 그들에게 잘못 보이면 이 정도 성벽은 한순간에 날아간다 하였다.

"어디 있는가……."

허공에서 모두의 귀에 똑똑히 들려오는 차가운 목소리.

스으윽.

용기있는 인간들 몇 명이 겁을 상실하고 고개를 들었다.

개중에는 용병들과 성기사들도 포함되어 있었다.

"……!!!"

"저, 전멸……."

없었다.

방금 전까지 콜른 왕국 왕성 성벽을 향해 달려들던 수십만 마리의 몬스터 떼가 모조리 재가 되거나 검은 연기를 풍겨내며 누워 있었다.

일반 몬스터들뿐 아니라 항마력이 높은 진화형 몬스터들도 포함되어 있었다.

"너희들의 주인인 다이아나 공주는 어디 있느냔 말이다!!!"

쿠구구구구궁.

분노에 찬 외침에 공간이 진동하며 울렸다.

다이아나 공주를 찾는 드래곤.

"카, 카르얀 고… 공작!"

"으헉! 마족 카르얀!!!"

목소리가 들려오는 곳을 두려움에 찬 시선으로 바라보던 누군가의 입에서 들려오는 카르얀이라는 외침.

"카, 카르얀 공작!"

"마… 마족의 주인!"

카르얀이라는 말에 놀라 고개를 드는 성벽 위의 인간들.

"오오…….."

"카르얀 공작… 이다."

눈으로 보았다.

뭉클뭉클 몬스터들의 시체에서 풍겨 나오는 연기가 깔린 지상에서 벗어나 모두가 바라볼 수 있는 높은 창공에 검은 가죽 갑옷과 망토를 착용하고 서 있는 위대한 존재.

콜른 왕국의 전 공작이자 마족이라 알려진 카르얀이었다.

"다이아나는 어디에 있는 것이더냐!!!"

또다시 묻는 살벌한 목소리.

"도, 도망쳤습니다."

"지금쯤이면 왕국 국경에 있을 것입니다."

누군가의 입에서 나오는 도망쳤다는 말.

"도망? 푸하하하하하하하하하하하하!"

갑자기 광소를 터뜨리는 카르얀 공작.

파앗!

갑자기 빛과 함께 사라져 버렸다.

마족이라더니 마법 시동어도 없이 이동 마법을 펼치는 카르얀 공작.

"으으으으."

"허억… 헉."

털썩.

몬스터가 모두 죽어버리고 마족 카르얀까지 나타났다 사라지자 그동안의 긴장이 한꺼번에 풀리며 자리에 주저앉아 버리는 인간들.

모두의 얼굴이 하얗게 질려 있었다.

눈으로 직접 보았던 마족의 엄청난 능력.

대륙을 뒤흔들고 있는 8서클 대마도사도 마족 카르얀에 비하면 아무것도 아닐 것이라 생각되었다.

"9… 9서클이었어……. 9서클……."

아직도 얼이 나간 마법사 하나가 계속 중얼거렸다.

마족 카르얀 공작이 방금 전 펼쳤던 마법들이 전설의 9서클 마법이라고…….

꿀꺽, 꿀꺽.

붉은 포도주가 붉은 입술을 타고 거침없이 흘러들어 갔다.

벌써 몇 병째인 줄 몰랐다.

휘익.

와자자자장창.

또로로로.

마셨던 잔을 바닥에 던져 깨뜨리는 다이아나 공주.

단정하고 곱던 모습은 찾아볼 수 없었다.

푸른 드레스 자락에는 흘려 버린 포도주 액체가 말라 붉게 염색이 되어 있었고, 풀려 버린 눈동자에는 아무런 감정도 담겨 있지 않았다.

본능적으로 새로운 잔에 포도주를 따르는 다이아나.

꿀꺽, 꿀꺽, 꿀꺽.

단 세 번에 모두 마셔 버렸다.

방에 아무도 없었다.

평소 따르던 시녀들도 그녀가 무서워 들어오지 못했다.

카르얀 공작을 내치던 그날부터 시작된 불면과 신경질.

다이아나도 자신의 성품 속에 그런 성향이 있는 줄 이제 알았다.

"막아라!"

"침입자다!"

차자자장.

"으아아아아악!"

"아아악!"

콰다다다다당.

문밖에서 일대 소란이 일어났다.

제아무리 망해가는 왕국이라 해도 국왕이 머물고 있는 처소.

아베르스 영지에서 왕실로 돌아올 때 상당수 재화와 소울 가드를 가져와 돈이 넘쳤다.

그렇기에 실력있는 용병들이 국왕을 호위했다.

덜컹.

다이아나의 침실 문이 활짝 열렸다.

비명이 들리지 않는 것으로 보아 용병들과 기사들, 그리고 병사들이 모두 쓰러졌을 것으로 짐작되었다.

저벅저벅.

방 안으로 외인이 말도 없이 들어왔건만 술잔을 들고 쓸쓸해지는 창밖을 보고 있는 다이아나 국왕.

방에 들어선 이가 아무 말도 없이 멈춰 섰다.

스윽.

마지못해 고개를 돌리는 다이아나.

"……!!!"

흐리멍덩하고 초점 없던 눈동자가 더할 나위 없이 커졌다.

"겨우 이것밖에 안 되었던가……. 실망이다."

한 남자가 무심한 눈길로 다이아나를 보고 있었다.

입에서 실망이라는 단어를 꺼내는 남자.

"카, 카르얀!"

"내 이름을 부르지 말라. 너에게는 허락되지 않았다."

매서웠다.

예전에는 이러지 않았건만 아무 감정이 없는 남자의 음성은 메마른 사막 같았다.

"흐윽!"

갑자기 울기 시작하는 다이아나.

얼마나 그리웠던가.

그가 없던 그날부터 시작된 자신과 왕실의 악몽.

신이 마지막 소원을 들어주고 있음이 확실했다.

"그대는… 울 자격도 없다."

울지 말라도 아니고 자격도 없다 말하는 차가운 남자의 음성.

"끄윽."

억지로 울음을 참는 다이아나 국왕.

"날 버렸던 건 용서할 수 있다. 어차피… 너와 나는 그런 사이였으니까. 그러나 넌 백성은 버리지 말았어야 했다. 그 힘없고 불쌍한 이들을… 너는 버리지 말았어야 했다."

남자의 목소리에 분노와 함께 진한 슬픔이 느껴졌다.

"이렇게라도 살고 싶었나! 그 아무것도 모르는 이들을… 버리고 이리 나약하게 버티고 있었던 것이야!!!"

목소리 톤이 하염없이 올라가는 남자의 거친 음성.

"주, 죽여주세요. 당신의 손에 죽고 싶어… 지금껏 기다렸답니다.”

“죽여달라고?”

“네… 제 마지막 소원입니다.”

남자를 똑바로 응시하며 눈물을 삼키며 죽음을 말하는 다이아나 국왕.

“후후후…….”

승낙 대신 들려오는 남자의 건조한 웃음.

어느새 분노의 감정조차 사라져 있었다.

“난 널 죽이지 않는다. 죽음도 너에게는 과분한 행복이다.”

남자가 변해 있었다.

언제나 역경 속에서도 쾌활하고 모든 힘없는 이들을 사랑하고 감싸주던 남자.

다이아나에게는 자비를 베풀지 않았다.

“주, 죽여주세요. 저에 대한 자그마한 마음이라도 남아 있다면… 당신의 손에 죽고 싶습니다. 용서는 바라지도 않습니다! 제발……! 흐으윽.”

철퍽.

남자의 발아래 무릎 꿇는 다이아나 국왕.

깨진 유리가 그녀의 무릎에 박히며 붉은 피가 바닥에 퍼져나갔다.

“죽을 용기도 없었단 말인가… 그랬단 말이지…….”

스윽.

한탄하며 몸을 돌리는 남자.

"가, 가지 마세요! 카르얀! 절… 죽여주세요!!!"

죽여달라 다시 외치는 다이아나.

"난 암브라인의 기사가 아니다. 죽고 싶다면 죽음의 신께… 직접 기원하라. 지금 이 순간부터 난 널 영원히 잊겠노라."

저벅저벅.

지옥의 군주의 기사가 아니라는 말을 남기고 사라지는 남자의 뒷모습.

"흐윽… 흑흑. 카, 카르얀… 날… 죽여줘!!!"

흐느껴 울며 죽여달라 마지막까지 외치는 다이아나.

그를 배신할 때 이런 날이 올 줄 몰랐다.

왕실과 왕국을 위한다는 명분으로 너무 쉽게 내렸던 판단.

그 죗값이 돌고 돌아 그녀의 목을 옥죄었다.

왕국과 왕실, 그리고 자신을 위하여 최선을 다했던 남자.

그가 떠나가고 있었다.

자신과의 모든 추억들을 잊겠노라 말하며.

"흐흐흐! 이 마족 새끼가 여기가 어디라고 찾아온 것이더냐! 네놈을 지금껏 기다리던 다이아나와 다시 사랑을 속삭이기라도 할 것이더냐!"

밖에서 들려오는 르아르 기사단장의 화난 목소리.

"비켜라, 배신의 기사여……"

"배신? 웃기지 말라고 그래! 난 처음부터 널 주군으로 받아들이지 않았어! 나에게 있어 영원한 주군은 저기 안에 있는 내 사랑 다이아나야! 크크크!"

흠칫.

사랑이라는 말에 울다 놀라는 다이아나.

디오니스 기사가 자신을 사랑하고 있을 줄은 몰랐다.

어릴 적부터 오빠이자 늠름한 왕실의 기사였던 그.

"후후, 어리석은 놈."

"죽어! 이 거지 같은 마족 새끼야! 널 죽이면 영원히 다이아나는 내 차지야! 크하하하하하!"

미쳐 있는 디오니스.

쉬이익.

검이 공간을 가르는 소리가 들렸다.

퍼억!

"컥……."

그리고 들려오는 파육음과 짧은 비명.

"사랑은… 결코 배신하거나 강요하지 않는다. 그건 사랑이 아니라… 너희들이 사랑이라 착각하는 집착일 뿐이다."

다이아나의 귀에 들려오는 남자의 마지막 말.

파앗.

밝은 광채가 밖에서 밝혀졌다.

그리고 이내 아무 소리도 들려오지 않았다.

"사랑은… 결코 배신이 아닙니다……. 미안해요, 나의 기사여……."

또로로로.

눈가에 이는 뜨거운 눈물.

창!

오늘 같은 날을 위하여 언제나 곁에 두고 있던 날카로운 단검을 꺼내 드는 다이아나.

사각, 사각, 사각.

"그… 그래도… 사랑… 했… 어요."

여인의 상징이며 자신의 신체 중에서 가장 소중하게 여겼던 은발을 잘라내었다.

투두둑.

바닥에 떨어지는 탐스럽고 기다란 머리카락.

여인으로서 한 왕국의 지배자로서의 인생을 정리하는 순간.

환하게 웃음을 지었다.

그가 사랑은 배신하지 않는다 말했다.

그 말만으로 족하였다.

다이아나는 그를 진심으로… 사랑했었던 것 같았다.

심장에 찢기는 고통에서도 웃을 수 있기에.

촤아악.

입고 있던 드레스 자락을 찢었다.

그리고 드러나는 수줍은 다이아나의 슬픈 나신.

덜컹.

옷장에 보관되어 있는 낡은 회색 로브 하나를 꺼내 들었다.

왕국이 망한다면 이리하리라 어릴 적부터 마음먹었던 결심.

스으윽.

로브의 모자를 뒤집어썼다.

이제 콜른 왕국의 다이아나는 없었다.

언제일지 모르지만 신께서 자신이 저지른 모든 것을 용서하는 그날까지 다이아나는 치료와 은혜의 신 이칼루스의 종이 될 것이리라.

저벅저벅.

조용히 사라지는 다이아나.

투두둑.

바닥에 떨어지는 뜨거운 눈물방울들.

스스스스슷.

창문을 타고 붉은 황혼이 밀려들어 그녀의 떠나가는 영혼을 인도하였다.

영원히 배신도 아픔도… 이별도 없는 신의 세계로.

Chapter 438

드래곤을 찾아서

'8서클 대마도사 페르크안이 되살아나 포크온 제국과 함께 북부 대륙을 통일했다고……. 폰트론 왕국과 크라우 왕국까지 모두 점령하였단 말이지.'

꿀꺽.

손에 들린 차가운 맥주잔을 입에 가져갔다.

다이아나의 망가진 모습에 그녀와의 모든 것을 정리했다.

짧은 날들이었지만 행복했던 기억들.

이제 모두 다 안녕이었다.

그리고 이동 마법을 펼쳐 오비안 왕국으로 넘어왔다.

내가 알고 있는 대륙의 좌표를 이용하여 대충 오비안 왕국이라 짐작되는 곳에 게이트를 열었다.

7서클 순간 이동 마법보다 안전한 워프 게이트.

한 번도 가본 적이 없기에 의지 기억 마법을 사용할 수 없었다.

그리고 도착한 오비안 왕국.

이곳도 혼란이 극에 달해 있었다.

왕국을 지탱해 주던 모요르 가문의 미미디안 후작이 모습을 감추어 버렸다 하였다.

그 뒤에 몬스터들의 집중적인 공격.

콘스트르와 프라우르 제국에 비하면 몬스터 군단의 양과 질이 별로라 할 수 있지만 오로지 미미디안 후작에게 의지하고 있던 왕국군은 대패를 당하였다.

이반슈 제국 쪽에 몰려 있는 방어 전력 때문에 몬스터들을 효율적으로 막아내지 못했던 것이다.

그리고 지금 이반슈 제국 국경에 있던 군단들이 왕성으로 몰려들었다.

지금 내가 있는 곳으로 말이다.

"자원병이나 용병을 모집한다! 왕국을 위하여 뜨거운 충성을 맹세할 수 있는 용사라면 모두 다 환영이다! 또한 몬스터와의 전쟁이 끝나면 후한 상금과 성과에 따라 작위도 하사하신다는 국왕 폐하의 칙령이시다!"

밖에서 들려오는 어느 기사의 목소리.

그러나 술집에 있는 힘을 쓸 만한 이들은 모두 고개를 숙이며 술을 마셨다.

'왕실 근위기사단과 3만 병사들이 모조리 살육당했다고 했지.'

이곳까지 오면서 들었던 소문.

'그런데 미미는 어디로 간 거야? 그곳에서 다른 곳으로 갔단 말인가?'

왕국에서 홀연히 사라져 돌아오지 않았다는 모용미미.

'마계에 갔다 와야겠다. 유리케르라면 알 수 있을 것이다.'

대충 정보를 파악했기에 자리에서 일어났다.

마계로 돌아가 미미와 헤어졌던 당시를 자세히 듣고 싶었다.

파슷.

'이 기운은!'

자리에서 일어나 마법을 펼치기 위해 밖으로 나가려던 그 순간 주점 뒤쪽에서 감지되는 기운 하나.

'고대 마법 주문어를 다루는 자들이다!'

호기심이 일었다.

대륙에서 고대 마법 주문어를 다룰 수 있는 자들은 고대 마법 계승자들과 어둠의 배덕자들뿐.

8서클 대마도사 페르크안이 어둠의 배덕자들과 함께 움직인다 하였다.

나를 지독히도 괴롭혔던 어둠의 배덕자들 수장이 확실했다.

'잘 걸렸다.'

그리 안 해도 찾아봐야 할 놈들.

어둠의 배덕자들이라면 딱이었다.

스윽.

조용히 일어나 작은 문이 나 있는 주점 뒤쪽으로 향했다.

'인비지빌리티.'

한 번도 펼쳐 본 적 없던 7서클 투명 마법을 시전하면서.

"모든 정보원으로부터 연락이 끊겼습니다. 눈치를 챈 것 같습니다."

"이… 이제 어찌한단 말인가."

고대 마법 계승자의 마스터 카이드온이 조장의 보고에 심각한 표정을 지었다.

어둠의 배덕자들을 대대로 막아내며 대륙의 평화와 고대 마법의 계승자들을 이끌 진정한 계승자를 기다려 왔다.

그러나 지금 조직이 궤멸 직전에 있었다.

자이언트 산맥에 있던 수련관을 버려두고 도망 나왔다.

놀랍게도 어둠의 배덕자들의 수장이 2,000년 전 8서클 대마도사 페르크안으로 밝혀졌다.

알자마자 수련관을 폐쇄하고 비밀 기지로 숨어들었다.

그러나 어찌 알고 각 왕국에서 활동하던 계승자 조직원들을 하나둘씩 찾아내 죽여 버린 어둠의 배덕자 놈들.

이제 폰트론과 크라우 왕국 너머에 있는 조직원은 단 하나도 없었다.

정보 길드원들조차 활동에 제약을 받아 제대로 된 정보를 습득할 수 없다 하였다.

단 몇 달 만에 완벽하게 북부 대륙은 페르크안과 포크온 제국 차지가 되었다.

"곧 겨울입니다. 놈들이 언제 남부까지 점령할지 모릅니다. 그전에 신대륙으로 옮기시는 것도 한 방법인 것 같습니다."

"…결국 그래야 한단 말인가."

고대 마법의 계승자 300명 중에 이제 남은 숫자는 100여 명이 겨우 넘었다.

"놈들이 구대륙을 통일하더라도 신대륙에 가서 힘을 키워 대항해야 합니다. 정보에 의하면 아직까지 신대륙에서 놈들의 활동이 미미하다 합니다."

"8서클 대마도사 페르크안이 있다. 그자가 고대 마법어를 알고 있다는 가정이라면… 신대륙도 위험하다."

"그래도 이곳에서 멍하니 있다 당할 수 없습니다."

"알았다. 그 문제는 후에 다시 논의하도록 한다."

"명!"

마스터의 말에 조장들이 명을 외쳤다.

"그건 그렇고, 카르얀 공작에 대한 소식은 없는가?"

"아직 없습니다. 마계로 갔음이 확실합니다."

"정말 놀랍군. 고대 마법을 순수하게 사용하는 인간이 마족이라니……."

"인간이 아닐 수도 있습니다. 본래 마족은 사악하지 않습니까."

"아니야… 그는 인간이 분명하다. 여러 정보에 의하면 그보다 인간적인 사람은 없다."

확신하는 카이드온 마스터.

"……."

마스터의 말에 조장들은 입을 다물었다.

"그 사건은 어찌 되었지? 마르아트 산에서 일어났던 드래곤 급의 등장 말이야."

"진전이 없습니다. 마법사를 대동하였지만 답을 내리지 못했습니다."

"누굴까? 도대체 누가 있어 드래곤 급이나 가능한 전투를 벌일 수 있지?"

"마족과 마녀가 확실합니다. 카르얀을 돕기 위하여 그곳에 있던 마족과 마녀가 드래곤 급 존재와 전투를 벌였음이 확실합니다."

"하아, 갈수록 일이 커지는군. 페르크안에 이어서 마족과 드래곤이라니……."

길게 한숨을 쉬며 답답해하는 마스터 카이드온.

답이 보이지 않았다.

인간들 중에 누가 있어 8서클 대마법사, 그것도 고대 마법어를 사용하는 자를 이길 수 있단 말인가.

"다시 말해보라……."

"헉! 누구냐!"

"웬 놈이냐!"

차자장.

비밀 지부로 사용하는 주점의 뒤편 지하 창고.

음파 차단과 마나 차단 마법까지 가동되는 비밀 지하는 아무나 들어올 수 없었다.

입구에 실력있는 계승자들이 배치되어 있기에 안전하고 비밀스러운 구조였다.

그런데 회의장의 가죽 의자에서 섬뜩한 목소리가 들려왔다.

"난 마계대공… 카르얀이다."

"헉! 카, 카르얀!"

"……!!!"

한 남자가 미약한 마법등 사이로 모습을 보였다.

평범하지 않은 검은색 가죽 갑옷과 검은 망토를 착용하고 있는 이.

　무기는 손에 들고 있지 않았지만 풍겨오는 기세는 어마어마했다.

　"말하라. 그곳에서 있었던 일을 전부 다… 하나도 빠짐없이."

　파스스스스스스.

　카르얀이라고 밝힌 자의 몸에서 흘러나오는 조용하고 묵직한 힘.

　"……."

　고대 마법의 계승자들은 알 수 있었다.

　지금 자신들이 느끼는 기운이 바로 그토록 염원했던 고대 마법의 순수한 힘이라는 사실을 말이다.

　"뭐지? 누가 이렇게 엄청난 마나를 사용해서 마법을 펼치는 거야? 일족인가? 아니야, 일족이 인간들에게 9서클 마법을 사용할 리는 없잖아."

　인상을 찡그리는 은발이 허리까지 내려오는 엄청난 미인.

　미스릴로 만든 권좌에 앉아 고민에 빠졌다.

　지금 중간계에서 신대륙과 구대륙이라 불리는 곳을 감시하는 임무는 자신에게 있었다.

　북쪽과 남쪽 바다를 수호하는 드래곤들이 있었지만 그들보다 더 나이가 많은 자신이 로드에게 수호 임명을 받았다.

그런데 얼마 전부터 기분이 나빠졌다.

구대륙에서 느껴지는 사악한 마나 사용과 오늘 감지된 마법까지.

인간들이 사용할 수 있는 범위를 넘었다.

정확하게 현장에 가서 파악해 보지 못했지만 무언가 큰일이 벌어지고 있음이 분명했다.

"블루 일족의 멍청한 놈이 도대체 일 처리를 어떻게 한 거야? 무슨 일이 벌어졌다면 날 찾아왔어야지!"

짜증이 슬슬 밀려오는 은발의 여인.

1년만 지나면 기대하던 에이션트 드래곤이 될 수 있었다.

한 100년 마나의 잠을 자고 나면 얻게 될 에이션트의 칭호.

중간계에 수십 개체밖에 없는 드래곤 일족 중에서도 몇 손가락에 꼽는 능력자가 되는 것이다.

"성녀님, 부르심을 받고 찾아왔습니다."

"들어오라."

"명을 따르옵니다."

여인이 머물고 있는 신전 같은 건물.

들어오라는 말에 은빛 휘장이 열리며 다섯 명의 여인들이 커다란 은빛 하프를 들고 들어왔다.

완벽한 팔등신의 늘씬한 큰 키와 뾰족한 귀.

인간 세상에서 볼 수 없는 도도하고 숭고한 미를 품고 있는 그녀들의 얼굴.

중간계에서 엘프들이라 불리는 종족이었다.

"하프를 들려다오."

"알겠사옵니다."

드래곤을 성녀라 부르는 엘프들.

익숙한 자세로 바닥에 앉아 품에 안고 있던 하프를 켜기 시작했다.

띠리리링, 띠링, 띠리리링♬

그리고 울리는 엘프들이 켜는 하프음.

'이제 이런 즐거움도 당분간은 끝이야. 이번 유희도 나름 대로 재미있었어.'

엘프들에게 성녀라 불리는 실버 일족의 드래곤.

자이언트 산맥에 살고 있던 엘프들을 위협하여 자신의 레어로 데려왔다.

그리고 지난 긴 시간 동안 마음껏 엘프들을 부려먹었다.

드래곤임을 알고 감히 대적하지 못하는 엘프들.

성녀의 명이라 하프를 뜯지만 얼굴에 미소는 없었다.

그저 텅 빈 눈동자.

숲을 마음껏 거니는 작은 자유 하나를 원하고 있었다.

"드래곤?"

"그러하옵니다, 주군. 분명 드래곤의 기운이었습니다."

'그럼 미미가 드래곤에게 잡혀갔단 말인가!'

마계로 돌아가 유리케르를 만났다.

그리고 당시 상황을 물었다.

나를 치료하고 드래곤에 쫓기고 있다 짐작한 유리케르는 급히 마계로 차원 이동할 수밖에 없었다 하였다.

주군인 나와 관련된 인간 여인이지만 굳이 따라오겠다 말하지 않고, 기다리겠다고 전해달라는 말에 마계로 돌아왔다는 유리케르.

'드래곤이든 나발이든 미미에게 상처 하나라도 낸다면…… 모조리 쪼개 버리겠어!'

중간계의 오만한 감시자 드래곤.

"유리케르!"

"하명하십시오, 주군!"

"11군단 전 마족을 대기시키라!"

"충!"

'드래곤은 중간계를 수호하는 자들…… 마족들이 나타난다면 모습을 드러내겠지!'

레어라는 곳에 꽁꽁 숨어 찾기 어렵다는 드래곤.

그들을 일일이 찾아다닐 생각은 없었다.

그리 안 해도 중간계에 마족들을 데려갈 생각이었다.

마계에서 떨궈져 나간 마수와 마물들의 파편.

확실하게 거두어올 참이었다.

그게 인간들에게 마지막으로 줄 수 있는 인간 강찬우의 선물이었다.

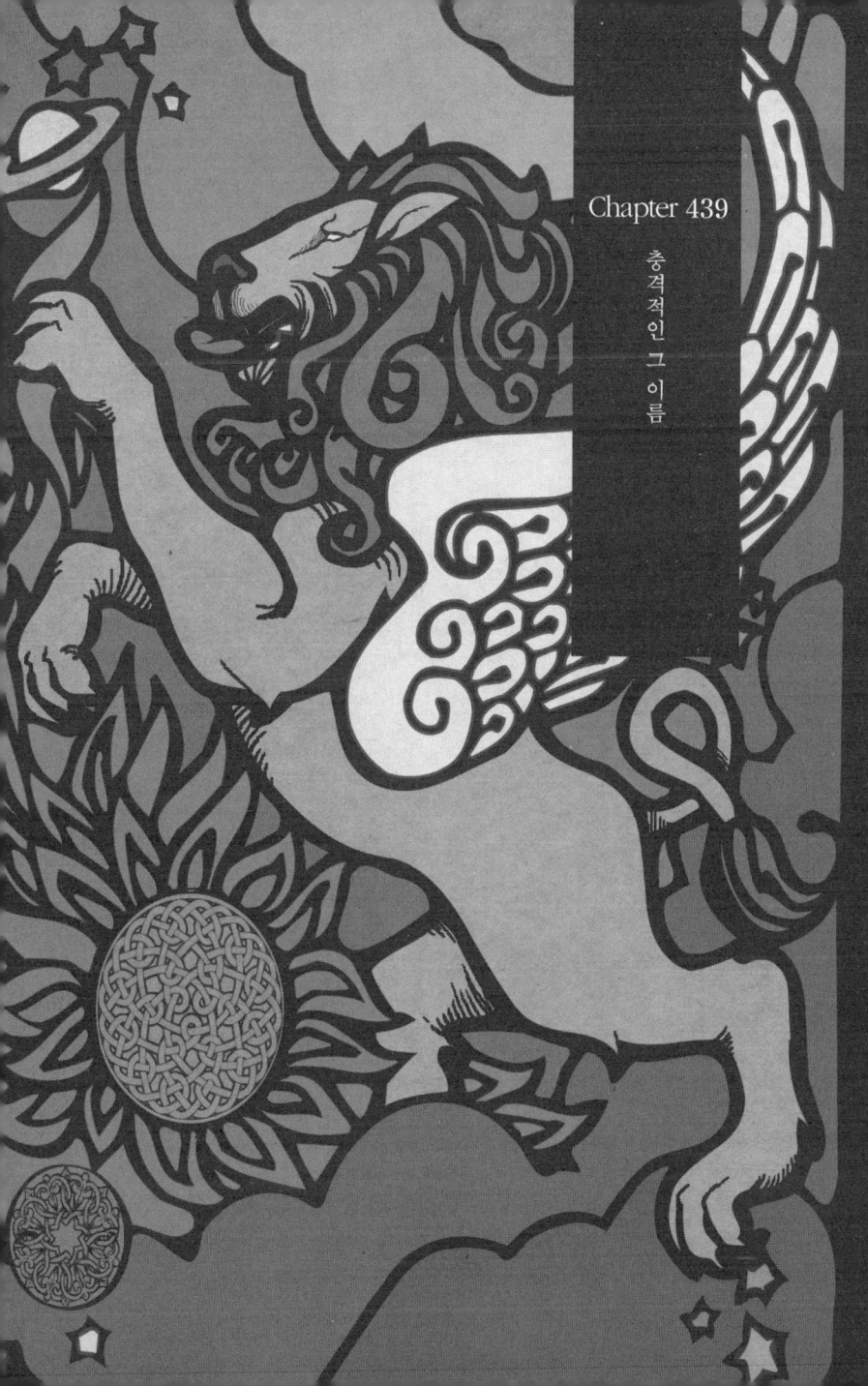

Chapter 439

충격적인 그 이름

마계
대공
연 대 기

"흐흐흐. 준비는 이제 다 끝났다. 슬슬 움직일 시간이야."

구대륙의 북부 지방을 통일한 포크온 제국의 황성.

황제가 앉는 보석과 황금, 미스릴로 제작된 권좌에 앉아 있는 8서클 대마도사 페르크안.

길고 긴 생명은 얻었지만 먹는 즐거움을 허락받지 못해 인간이라고 말할 수 없이 말라 있었다.

과거에는 로브 모자로 얼굴을 가렸지만 이제 떳떳이 세상에 모습을 드러냈다.

"명을 내려주십시오! 주군!"

"명을 내려주십시오!"

페르크안을 바라보며 대전 바닥에 무릎을 꿇고 있는 수십 명의 인물들.

포크온 제국을 다스리는 황제부터 시작하여 공작 급의 고위 귀족들, 크레아포 마탑의 7서클 마법사와 황실 마탑의 7서클 마법사, 벡트란 대공령의 대공, 그리고 페르크안을 목숨처럼 따르는 어둠의 배덕자들까지.

북부를 좌지우지하는 존재들이 리치같이 삐쩍 마른 페르크안의 명을 기다렸다.

"이번 목표는 쥬아스 왕국을 시작으로 콘스트르 왕국, 이반슈 제국, 오비안 왕국까지이다. 단 한 달의 시간을 주겠다. 올해가 가기 전에⋯ 나에게 승전보를 가져오라!"

"추우우웅!"

쿠구구궁.

내려지는 페르크안의 명령.

모든 이들이 고개를 바닥에 박으며 충을 외쳤다.

신하와 주군의 관계가 아니라 주인과 종의 관계.

오직 복종만이 있을 뿐이었다.

"또 중간계에 가는 거야?"

"응."

유리케르에게 명령을 내리고 중간계로 내려가려는 순간 세를리아가 찾아왔다.

"도대체 무슨 일이야?"

"정리할 일이 남아 있어."

"지구라는 곳에는 언제 가는 거야?"

"갔다 와서."

"…안 가면 안 돼?"

"……"

에테르 윙 열 장을 사용할 수 있는 대마황이자 천계를 수호하는 천신의 방패면 뭐하겠는가.

내 앞에서는 큰 눈동자 껌벅이며 애교를 부리는 병약 마족 대마황 세를리아.

"다녀올게."

"필요하면 말해."

"뭘?"

"11군단 애들 준비시켰다며."

"응."

"필요하면 말하라고, 마왕 급 이하 마족들 전부 몰아줄 테니까."

"…고마워."

세를리아의 통 큰 지원에 할 말을 잃어버렸다.

예전에 내 앞에서 거들먹거리던 마왕들.

이제는 얼굴만 마주쳐도 얼굴을 폭 수그리고 예를 갖추었다.

자신들 눈으로 똑똑히 보았던 율리우스 마왕의 사망과 전 마황의 패배.

마계대공 앞에서 감히 눈 치켜뜰 놈이 없었다.

"호호. 우리 사이에 고맙기는~ 빨리 다녀와. 오늘 엄마에게서 맛있는 생선 요리를 배워올 테니까."

마계 11군단 성과 천계 13군단 성이 세를리아 차지가 되었다.

11군단장이라는 직함은 내가 그대로 사용하였다.

졸지에 마계 11군단장은 마황 뒤의 마계 서열 2위의 마족이 차지하는 자리가 되어버렸다.

'준비는 끝났다. 이제 남은 것은… 도마뱀 사냥이다!'

"갈게~"

"응~ 잘 다녀와!"

방긋 웃음 짓는 대마황.

파앗!

몸이 그대로 빛과 함께 사라졌다.

잠시 후 중간계에서 벌어진 대사건.

중간계에 사는 그 누구도 짐작하지 못할 것이리라.

"폐, 폐하 완벽하게 포위되었습니다."

"발 빠른 진화형 몬스터들이 이끄는 몬스터 부대가 후방까지 점령했습니다. 속히 마법진을 가동하여 피하셔야 하옵니다!"

"포크온 제국군을 막을 수 없습니다! 대마법 방어진이 가공되고 있지만 페르크안이 나타난다면……."

"폐하! 결단을 내리십시오!"

한때 구대륙 중부 지방의 패자로 불리며 콜른 왕국을 사이에 두고 콘스트르 왕국과 힘겨루기를 벌였던 쥬아스 왕국의 왕실.

왕좌에 앉아 있는 사각턱의 고집 센 얼굴의 멜베시온 국왕은 고뇌와 비통에 찬 표정으로 눈을 감고 있었다.

살아남은 왕국의 군단장들과 고위 귀족들이 몰려와 결단을 내려달라 하였다.

그러나 무슨 결단을 내릴 수 있겠는가.

국경을 소리없이 넘은 포크온 제국 기사단이 성벽을 포위하였고, 그 뒤를 이어 놀랍게도 몬스터 군단이 나타났다.

8서클 대마도사 페르크안이 벌인 수작.

고개 숙여 자신을 받아들이라는 경고를 무시하자 진화형 몬스터를 테이밍하여 각 왕국을 초토화시켰다.

쥬아스 왕국도 마찬가지였다.

자이언트 산맥에서 쏟아지는 수십만 마리의 몬스터 공격에 왕국이 자랑하던 수십만 대군도 지리멸렬했다.

폰트론 왕국이 포크온 제국에 무너지자 급히 투입한 4개 군단의 허점을 노리고 몬스터들이 후방을 쓸어버린 것이다.

화들짝 놀라 급히 몬스터 토벌에 투입한 국경 방어 군단.

지능이 뛰어난 진화형 몬스터의 기습 공격에 하나둘씩 전력을 훼손당하였고 작금에는 10만도 안 되는 병사만 남아 있었다.

그런 병사들 중에서 정예병만을 추려 왕성 방어에 투입하였다.

왕비와 왕세자는 나머지 병사들의 보호를 받으며 이반슈 제국의 국경 부근 요새로 대피 중이었다.

여차하면 망명할 생각이었다.

왕성이 무너지는 순간 쥬아스 왕국도 패망의 수레바퀴에 깔려 역사 속으로 사라져 버릴 것이리라.

"과인의 소울 가드를 가져오라!"

"폐하! 옥체를 보중하소서!"

"폐하……."

"이곳 왕성과 왕실은 과인의 모든 것. 운명을 함께할 것이오."

"크으……."

"폐, 폐하……."

쥬아스 왕국이 강국으로 성장할 수 있었던 이유는 국왕의 이상을 귀족들이 잘 따라주었기 때문이었다.

물론 다른 욕심을 품은 자들도 있었지만 현 멜베시온 국왕의 통치 능력은 뛰어난 편이었다.

백성들에게도 적당한 관용을 허락하고 세율도 적당한 선에 머물렀기에 민심도 국왕을 지지했다.

　"경들 모두 부족한 과인의 명에 따라 오늘까지 이 왕국을 유지해 주었음에 감사한다. 모두들… 수고했노라."

　국왕의 수고했다는 말에 귀족들과 기사들의 눈이 빨개졌다.

　땡! 땡! 땡! 땡!

　"모, 몬스터가 몰려옵니다!"

　"마법사들이 나타났습니다!"

　"제국 보병들의 모습이 보입니다!"

　"전투 준비! 전투 준비!"

　밖에서 들려오는 스피릿 담긴 기사들의 보고와 공격 준비 명령.

　국왕을 비롯한 회의장에 모인 모든 이들의 얼굴이 결의로 딱딱하게 굳어졌다.

　끝일지라도 좋았다.

　명예스럽게 죽을 수 있는 판을 신들이 허락해 주었기에.

　"정말 이곳에 있으면 단장님이 오실까?"

　"당연하지! 다이니스 양과 단장님이 그렇고 그런 사이잖아. 흐흐."

　"크크. 맞아, 두 분이 그렇고 그런 사이지……."

비슈 왕국에 요즘 떠오르는 대형 상단이 있었으니 그 이름은 다인트 상단.

상단의 주인이 다이니스라는 여성이었는데 엄청난 재화와 탁월한 상재를 바탕으로 단숨에 비슈 왕국의 상계를 장악해 가고 있었다.

해산물이 풍부한 왕국 특산품들을 마법 가공하여 프라우르 제국 귀족들에게 납품하면서 꽤 많은 돈을 벌었다.

또한 수량이 풍부한 자일란 강 지방의 땅을 소유한 자작농들과 일정 계약을 맺고 안정적인 곡물을 사들여 가뭄이 찾아왔던 베베른과 프라우르 제국과 교역을 통하여 상당한 이득을 취했다.

아버지를 따라 신대륙에 다녀온 이후로 상재에 눈을 뜬 다이니스.

그녀가 운영하는 대형 상단 입구에 아주 평범해 보이는 두 명의 쌍둥이 용병들이 말을 나누고 있었다.

"이번에는 2급 용병으로 하자."

"그럴까? 어차피 이제는 실력을 그리 숨길 필요는 없잖아?"

"그러지 뭐."

"다이니스 양이 우리를 보면 섭섭지 않게 대해줄 거야. 함께 한 여행 중에 얼마나 정이 들었는데~"

"그치, 형? 다이니스 양이 박대하지는 않겠지?"

"흐흐흐. 나만 믿으라니까. 언제 형이 틀린 말 하는 거 봤어."

"그럼 어서 들어가자고. 가서 단장님이 오실 때까지 다이니스 양을 보호하면서 칼맨 용병단의 기치를 드높이자고!"

"가자! 동생아!"

저벅저벅.

상단의 활짝 열린 문 사이를 걸어 들어가는 쌍둥이 형제.

보기에는 평범하지만 세상에서 둘째가라면 서러운 암살 사제들.

페르난도, 아세르라는 이름을 소유한 칼맨 용병단의 자랑스러운 단원들이었다.

"쥬아스 왕국에 모여 있다고?"

"그렇습니다, 마계대공 전하! 소울 가드로 구성된 포크온 제국 주력군과 어둠의 배덕자들의 상당수, 벡트란 대공이 이끄는 소환수 군단에 몬스터들까지 쥬아스 왕국 왕성을 공격하고 있다 하옵니다."

"페르크안은?"

"아마 그자도 나설 것입니다. 쥬아스 왕국 왕성 방어진은 7서클 마법에 대비되어 있습니다. 거기에 왕국의 스피릿 나이트들과 소울 가드 기사들이 집결되어 있습니다. 페르크안이 나서지 않는다면 고전할 것이기에 몸소 나타날 확률이 높습니다."

"잘되었군. 그리 안 해도 한꺼번에 쓸어버리려 했는데……."

"……."

마계대공이라 스스로 신분을 밝힌 카르얀의 광오한 말에 고대 마법 계승자의 마스터 카이드온은 숨을 쉬지 못했다.

세상에 누가 있어 8서클 마법사와 진화형 몬스터들이 이끄는 몬스터 군단, 포크온 제국 황실 근위기사단까지 투입된 전원 소울 가드로 이뤄진 대기사단에, 소환사들까지 포함된 엄청난 전력을 한 번에 쓸어버린다 말할 수 있겠는가.

그러나 거짓이 아님을 알 수 있었다.

고대 마법어에 대하여 완벽한 힘을 깨달은 절대자.

고대 마법 계승자들의 시조이며 마계로 환수를 찾으러 간 할모인 제국 자르칸 공작의 소울 가드를 소유했던 진정한 계승자.

오랜 세월 기다려 왔던 계승자들의 진정한 주군으로 받아들였다.

'마족이라도 좋다! 이렇게 강한 분이라면!'

마계대공이라 칭함을 받지만 눈빛이 결코 탁하지 않고 행동이 잔인하지 않은 카르얀 대공.

대륙에 찾아온 위기 상황에서 이만한 영웅은 없었다.

"좌표는?"

"여기 있습니다."

마스터에게 명했던 대륙 곳곳의 좌표집.

마탑에서나 소유하고 있는 특급 문서가 카르얀의 손에 들어갔다.

"흐음……."

좌표집을 수르륵 훑어보는 카르얀 대공.

"고맙네."

다시 건네주었다.

"다, 다 보셨단 말씀이십니까!"

"보았네."

"헉!"

생각지도 못한 가공할 암기력에 깜짝 놀라는 마스터 카이드온.

"게이트!"

파아앗!

시동어와 함께 열리는 푸른 빛과 하얀 빛이 일렁이는 상당한 크기의 마법진.

'8서클 게이트 마법!'

주문어도 없이 시동어만으로 게이트 마법을 펼치는 카르얀 대공의 가공할 능력.

이제는 놀랍지도 않았다.

마계대공 카르얀.

그는 이미 인간이 상상할 수 없는 신에 근접한 절대자의 경지에 이른이었다.

키라라라라라라라라!
쿠이이이이이이이이이!
쿵, 쿵, 쿠구구궁.
두두, 두둑, 두두두둑.
"환수가 공격해 온다!"
"진화형 몬스터가 중앙 성벽으로 몰려오고 있다!"
성벽의 총 길이가 15키온에 달하는 쥬아스 왕국의 왕성 외벽.

살짝 땅이 올라간 야트막한 구릉 위에 건설된 왕성을 향해 밀려드는 수십만 몬스터들과 백여 마리가 넘는 환수들.

쇄애애애애애애액.

"마법 공격이다!"

"으아아아아!"

거대한 불덩어리가 붉은 꼬리를 남기며 성문의 망루를 향해 날아왔다.

퍼어어어어어엉!

파츠츠츠츠츠츠츳.

7서클 마나량이 담긴 화염 공격.

성벽에 부딪치며 폭발하는가 싶더니 이내 붉은 파편을 남기고 대기 중의 마나로 재환원되었다.

소유하고 있는 1등급 및 내성을 보호하고 있는 특급 마정 석까지 모조리 투입하여 마법 방어진이 가동되고 있었다.

아즈가란 마탑의 마법사들이 심혈을 기울여 완성해 놓은 대마법 성벽 방어진.

벌써 10여 차례가 넘는 7서클 마법 공격을 방어해 냈다.

"발사!"

피비비비비비비비빙.

성벽 위에 늘어선 궁수들이 시위를 놓았다.

쇄쇄쇄쇄쇄쇄쇄쇄쇄액.

성벽을 향해 다가오던 오크들을 비롯하여 다양한 몬스터들을 향해 날아가는 수만 개의 화살비.

퍼버버버버버벅.

쿠에에에에엑!

취아아아아아아악!

대부분 갑옷도 착용하지 않은 몬스터들의 몸통에 꽂히는 화살들.

두둑, 두두둑, 두두둑.

그러나 화살 몇 방 맞았다고 생명력이 질긴 몬스터들이 죽지는 않았다.

진화형 몬스터들의 명을 받아 죽기 살기로 돌격하는 몬스터들.

인간들을 향해 쌓여 있는 본능적 증오가 몬스터들의 눈에 살기 가득한 흉광으로 탄생하였다.

슈우우욱, 슈우욱!

터더더덩.

"으아아아! 화, 환수가 성벽을 올라온다!"

"진화형 몬스터들이 오고 있다!!!"

"소환!"

파앗!

성벽 위 병사들 틈에 있던 기사들이 소울 가드를 소환했다.

몬스터와의 접전으로 인하여 그 많던 왕국의 소울 가드 기사들 중에서 겨우 500여 명만이 남아 있었다.

저기 성 밖에 전원 소울 가드 기사들로 구성된 포크온 제국 소울 가드 기사들의 숫자가 4,000을 넘어갔다.

사악한 대마도사 페르크안 때문에 기사도를 버리고 몬스터와 한패가 된 제국 기사들.

방금 전에 도착하여 서쪽과 동쪽 성문 앞에 진형을 짜고 있는 20만 대군과 함께 왕성을 노리고 있었다.

쿠아아아아아앙!

키우라라라라!

터더더덕!

단 한 번의 도약에 30미랑이 넘는 성벽 위로 날아드는 진화형 몬스터와 환수들.

"막아라! 놈들이 넘어오지 못하도록 막아!"

"타앗!"

카가가가가강.

소울 가드를 소환한 기사들이 몸을 날려 환수와 몬스터들을 공격했다.

휘이익.

퍽! 퍼버벅!

우두둑.

"크악!"

"켁!"

공격하는 소울 가드 기사들을 커다란 발과 날카로운 이빨로 물어뜯어 버리는 환수들과 몬스터.

콰드드드드드득.

"아아아아아악!"

성벽 위로 뛰어올라 몸부림을 치며 주변의 병사들을 쓸어 성벽 밖으로 날려 버리는 무식한 놈들.

"마법창을 발사하라!"

파아아앗!

쇄애애애애액.

대기하고 있던 스피릿 나이트들이 이제 얼마 남지 않은 마법창에 스피릿을 가득 담아 날렸다.

퍼버버버버벅!

키아아아아아아아아!

쿠아라라라라라라!

온몸에 마법창이 박혀 고통의 몸부림을 치는 진화형 몬스터.

푸욱! 푸부부북!

소울 가드 기사들이 몬스터의 온몸에 스피릿으로 불타는 검을 쑤셔 넣었다.

콰직!

"허억!"

"비, 비행 환수가 나타났다!"

그렇게 전투에 몰입하고 있는 소울 가드를 노리고 비행 환수들 10여 마리가 날아와 낚아챘다.

환수의 특성상 바로 공간 위에서 소환될 수 있기에 방어할 틈도 없었다.

휘릭.

"으아아아아아아아아!"

높이 순식간에 날아올라 소울 가드 기사를 그대로 내동댕이치는 환수들.

퍼어억! 퍼버버벅!

성벽과 성벽 밑으로 떨어져 소울 가드와 함께 산산이 몸통이 부서져 튕겨 나갔다.

콰드드득.

꿀을 발견한 벌 떼처럼 달려드는 몬스터들.

박살난 인간의 살점과 뼈를 사정없이 뜯어 먹었다.

처러러러럭.

그 와중에 오크 전사들이 조잡하지만 튼튼한 공성용 사다리를 성벽에 걸쳤다.

취아아아아아아!

취라, 카라크!

누런 이빨을 드러내며 녹슨 검과 창, 돌도끼를 들고 부리나케 성벽 위로 올라가는 선두의 오크 전사들.

"오크들이다!"

"사다리를 밀어내라!"

"죽어! 이 몬스터 새끼들아!"

"으아아아아아!"

퍼버버벅.

죽음도 두려워하지 않고 사다리를 타고 올라서는 오크들을 향해 사정없이 창을 찔러 넣는 병사들.

더 이상 물러날 곳이 없음을 알기에 악에 받쳐 있었다.

그리고 벌어지는 난전.

끈질기게 성벽 위에 오르는 몬스터들의 주 전력 오크들과 하늘을 날며 소울 가드와 스피릿 나이트 및 마법사들을 낚아채는 비행 환수.

쿠라카르르르르!

포효하며 몬스터들을 지휘하는 진화형 몬스터.

"부대 정렬!"

몬스터들로 인하여 성벽 위가 비어가자 공격을 준비하는 포크온 제국 병사들까지.

길고 긴 성벽을 타고 피와 살기와 공포가 어우러져 지옥을 만들어내었다.

팟!

"크크크……."

"주인님을 뵈옵니다!"

그리고 마법 빛과 함께 나타나는 이 모든 일들의 계획자.

8서클 대마도사 페르크안이 사악한 웃음을 터뜨리며 모습을 드러냈다.

"아직인가?"

"적들의 마법 방어진이 강하옵니다."

"바보 같은 놈들……."

"죽여주십시오!"

크레아포 마탑의 탑주와 부탑주, 그리고 포섭된 7서클 마법사들과 고위 마법사들이 공포에 떨며 고개를 숙였다.

"비켜라. 내 진정한 마법의 힘을 보여주겠노라!"

페르크안은 정보를 통하여 이 모든 상황을 알고 있었다.

그러나 이런 때 마법을 날려야 인간들이 겁을 먹고 자신을 따르기에 때를 기다렸다.

그리고 준비했다.

장거리 대범위 마법인 프로미넌스.

스윽!

할게니움으로 만들어진 마나 스태프를 치켜드는 페르크
안.

'어둠의 마력 증폭 홀! 홀! 파멸의 기세 컹! 용암의 불꽃
휴!'

고대 마법어 네 자를 마음으로 조합한 페르크안.

마황에게 붙잡혀 죽을 수 없는 저주를 받고 중간계로 쫓겨
났다.

그리고 길고 긴 수면 기간을 통해 얻게 된 고대 마법어.

잠을 자는 와중에도 머리는 활발하게 움직였고 이룰 수 없
는 9서클 마법은 얻지 못하였지만 8서클을 완벽하게 대성하
여 고대 마법어를 접목시킬 수 있었다.

'다섯 자를 조합할 수 있는 나를 막을 자는 없다! 크크크!'

중간계의 수호자라 자칭하는 드래곤들과 겨뤄보지는 않았
지만 충분히 승산이 있다 생각하는 페르크안.

중간계를 정복하여 통일제국을 건설한 뒤에 드래곤과 마
족과 싸울 마스터 급 지옥의 가디언들을 양성하리라 마음먹
고 있었다.

파츠츠츠츠츠츠츠츠츳.

마나와 고대 마법어 조합의 힘이 깃들며 페르크안의 마나
스태프에 엄청난 기운들이 몰려들었다.

그리고 외쳐지는 한마디.

촤악!

"프로미넌스!!!"

시동어를 외치며 왕성의 중앙 성문을 힘차게 가리키는 마나 스태프.

파아아아아아아아아앗!

새빨간 빛 덩어리가 1키랑 정도에 위치한 성문을 향해 빛처럼 날아갔다.

거리를 좁혀갈수록 대기의 마나를 힘껏 빨아 마시고 거대해지는 붉은 광채 덩어리.

"흐흐흐……."

완벽한 마법 발현에 기분 좋은 웃음을 터뜨리는 페르크안.

결코 의심치 않았다.

자신의 마법에 산산이 부서질 쥬아스 왕국과 왕실을 말이다.

"피하십시오!"

"으아아아아아!"

"페, 페르크안이다!"

왕성 방어의 핵심이라 할 수 있는 중앙 성문의 성벽 위.

다른 곳과 달리 방어용 탑들 십여 개가 서 있는 중앙 성문 위에는 국왕 멜베시온과 그를 호위하는 왕국 고위 귀족들과 기사들, 마법사가 존재했다.

그런 그들을 향해 나타나자마자 마법을 발사하는 페르크안.

"오라!"

파아앗!

죽음을 각오하고 소울 가드를 소환한 채 날아오는 8서클 마법을 노려보는 국왕.

온통 새하얀 페가론 급 소울 가드를 착용한 채 새빨간 빛으로 변해 돌격해 오는 마법을 노려보았다.

어차피 시간 차이지만 잠시 후에 성은 무너질 것.

당당하게 마지막을 맞이하고 싶었다.

휘릭!

그때 갑자기 국왕과 귀족들의 눈에 보이는 한 인간.

언제 나타났는지 모르지만 중앙 성문 성벽 위에 표표하게 검은 망토를 날리며 서 있었다.

그리고 날아오는 마법을 향해 한마디를 외쳤다.

그리 크지 않았지만 모두의 귀에 똑똑히 들리는 목소리.

"캔슬~!"

어느새 성벽에 도달해 있는 지름 10미랑은 될 것 같은 붉은 화염구 앞에서 들리는 어이없는 한마디.

파스스스스스스스.

"헉!"

"으헛!"

사라지고 있었다.

닿는 즉시 폭발하며 대마법 방어진과 함께 단단한 성벽과 성문을 날리고 녹여 버릴 8서클 마법.

수만 개의 빨간 빛으로 화하며 대기 중에 그대로 스며들 듯 없어져 버렸다.

"카, 카르얀……."

국왕 뒤편에 있던 어느 귀족의 입에서 흘러나오는 한마디.

"카… 카르얀!"

멜베시온 국왕을 비롯하여 모든 이들의 얼굴이 경악으로 하얗게 물들었다.

8서클 대마도사 페르크얀 못지않은 충격적인 이름 카르얀.

마족과 함께 사라졌다는 마족의 주군 카르얀이 중간계에 나타난 것이다.

그것도 페르크얀의 엄청난 마법을 단 한 마디로 날려 버리면서.

Chapter 440

마계대공의 성은

마계
대공
연 대 기

"저, 저게……."

자신만만하게 자신의 마법을 보고 있던 페르크안의 해골 같은 얼굴이 새카맣게 변하였다.

고대 마법어와 결합하여 같은 8서클 마법사라 해도 절대 막을 수 없는 프로미넌스.

사라져 버렸다.

폭발 한번 제대로 터지지 못하고 마나로 돌아가 버린 자신의 마법.

"저… 저자는 카르얀!"

아즈가란 마탑의 마법사였지만 페르크안의 마수에 걸려

종노릇 하고 있는 7서클 대마법사 제볼론이 깜짝 놀라며 외쳤다.

"마족 카르얀!"

"저자가 카르얀!"

카르얀이라는 말에 다른 이들도 놀라기는 마찬가지였다.

마족과 함께 마계로 떠났다는 엄청난 능력자.

홀로 마탑을 공격하고 제국 군단을 박살 내버린 일인군단의 신화를 간직한 무식한 힘의 소유자.

그가 나타났다.

검은 망토를 펄럭이며 오연하게 쥬아스 왕국 중앙 성문 위에 떠 있는 자.

"어이~ 페르크얀~"

페르크얀을 불렀다.

2,000년을 살아 드래곤 말고는 중간계에서 나이 자랑할 존재가 없는 페르크얀을 친구 부르듯 하는 카르얀이라는 자.

"좀 더 다른 재롱 없나?"

"크으으!"

재롱이라는 말에 눈에서 불똥이 튀는 페르크얀.

스스스스스스스스.

그의 몸 주위로 강력한 마나의 소용돌이가 형성되었다.

"감히 일개 마족 따위가 도발해 오다니! 크크크."

지금껏 받아왔던 정보를 통하여 카르얀을 상급 마족 급 정도 되리라 판단하는 페르크안이었다.

"일개 마족? 그 이야기 내 부하들 앞에서도 할 수 있을지 의문이군."

1키랑이 되는 거리였지만 똑똑히 들리는 두 사람의 목소리.

마나를 담았기에 모든 이들의 귀에 들렸다.

"크아아악!"

쿠라라라라라라!

저 먼 성벽에서는 아직도 전투가 한창이었다.

진화형 몬스터들의 명을 받은 피 냄새에 취한 몬스터들에게 이성 따위는 없었다.

"뭔 헛소리냐! 인간이 어떻게 마족을 부릴 수 있단 말이더냐!"

마계에 대해서 인간들 중 가장 많은 지식을 보유하고 있는 페르크안이었다.

마족에게 주군이라 불렸지만 카르얀은 인간이 맞았다.

더군다나 겨우 한 명뿐이었다.

자존심 강하고 흉포한 마족들이 그를 어느 이상 대우하지 않을 것이리라 확신했다.

"그래? 그럼 직접 보여줘야 믿겠군."

"뭐, 뭘 말이냐!"

"우리 애들~"

"미친놈! 네놈 눈에는 여기 있는 이들이 안 보이더냐! 저 환수들만 하더라도……."

"카벨리온!"

팟!

쿠라라라라라라라라라라라!

창공과 지상에서 미쳐 날뛰는 환수들 이야기가 나오자 바로 카벨리온을 외치는 카르얀.

그 순간 빛과 함께 나타나는 하얀 날개 달린 거대한 황금 사자 한 마리.

"허억!"

"화… 환수의 제황!"

소환사들과 고위급 마법사들은 알고 있는 환수의 제황 카벨리온의 존재.

쿠라라라라라라라라라라!

휘이이이이익.

콰득!

날뛰는 비행 환수 한 마리를 어느새 잡아 목을 물어뜯어 버리는 환수의 제황.

휘이익.

콰아아앙!

단숨에 환수의 숨통을 끊어버리고 지상에 던져 보이는 카벨리온.

쿠라라라라라라라라라라라라라라라라라라!

엄청난 포효를 터뜨렸다.

파아앗! 파바바밧!

그 모습에 기겁한 환수들이 소환수의 명도 없건만 환수령으로 노망쳐 버렸다.

아니, 환수의 제황의 경고에 무조건 항복하고 사라져 버린 것.

"어어……."

"거기 지옥의 가디언 이하 어둠의 배덕자님들~ 안녕들 하신가~"

나타난 페르크안을 호위하고 있는 지옥의 가디언들을 보며 아는 체를 하는 카르얀.

"저놈이!"

"감히 죽으려고!"

마계에 가기 전에 자신들의 동료를 무참히 살해했던 카르얀에 대해 원한을 풍겨내는 지옥의 가디언들.

"네놈을 그냥 두지 않겠다!"

"내 말이~ 널 가만두지 않겠어. 능력도 없는 놈이 마계에 뭐하러 가서 마황에게 저주를 받았나? 크크. 바보 같은 놈."

"허억……!"

자신과 마황만이 알고 있는 비밀을 말하는 놈.

"보여주지! 진정한 마계의 힘을!"

처억!

주먹 쥔 오른손을 번쩍 하늘을 향해 드는 카르얀.

"차원 게이트!!!"

차원 게이트라는 말도 안 되는 마법을 외치는 카르얀.

좌아아아아아아아아아앗!

새파랗고 새하얀 엄청난 빛들이 카르얀의 머리 위 상공에서 소용돌이쳤다.

족히 지름이 수십 미랑은 되는 듯한 빛의 소용돌이.

팟! 팟! 팟! 파바바바바바바밧!

그 안에서 엄청나게 빠른 속도로 물체들이 튀어나왔다.

쾅! 쾅! 콰과과과과과과광!

쿠에에에에에에에엑!

키아아아아아아아악!

그리고 중앙 성문 앞에 몰려 있던 몬스터들 몸 위로 떨어지는 수백, 수천의 존재들.

"라카우!"

일제히 무릎을 꿇고 허공에 떠 있는 카르얀을 향해서 알 수 없는 언어를 외쳤다.

"마, 마족!"

"으아아아아아아아아아아아아아아아아!"

중간계에 단 한 번도 없었던 대규모 마족 강림.

쿠아아아아아아아아아아.

뚫려 있는 차원 게이트 너머에서 들려오는 마물의 비명 같은 마력의 충돌음.

"마, 마족이 나타났다!"

"으아아아아아아아아아아!"

비명을 지르는 쥬아스 왕국 수비군과 포크온 제국 군단병들.

"루페로오크!"

카르얀이 뭐라고 하자 자리에서 일어나는 마족들.

붉고 푸른 망토를 두르고 대부분 2미랑이 넘는 거대한 키를 자랑하며, 거대한 대검을 허리에 차고 있는 마족들의 강렬한 모습.

휘이이이이이이이이이잉.

그들 주변으로 거대한 마나의 소용돌이가 일어났다.

"카차르카!"

손으로 페르크안을 가리키며 명령을 내리는 카르얀.

차자자자자자자장.

검을 뽑아 드는 수천 명의 마족들.

텅! 터더더덩!

그리고 시작되었다.

사방을 향해 돌진하는 마족들의 빛살 같은 모습.

쿠에에에에에!

키아아아아아아!

마족은 본 적 없지만 조상들이 마계에서 건너온 진화형 몬스터들.

본능에 각인된 두려움으로 울음을 토하며 뒤로 주춤주춤 물러났다.

페르크안이 펼친 테이밍 마법을 뛰어넘는 마족들의 상상할 수 없는 마력의 힘.

콰드드드드드득!

케에에에에!

화르르르르르르르르르.

퍼버버버버벅.

퍼버버버버버버벙.

쥬아스 성을 빙 둘러 포위하고 있던 몬스터들에게 떨어지는 날벼락.

검을 뽑아 들고 중간계에서는 상상도 할 수 없는 그랜드 마스터 급 스피릿을 닮은 거대한 기운으로 마물들을 쪼개고 부셔 버리며 불태워 버리는 마족들의 돌격.

두두두두두두두두두두.

초원을 질주하는 멧돼지처럼 순식간에 몬스터들이 서 있던 공간에 구멍이 났다.

"……."

마족이 나타났건만 도망칠 생각도 못하고 멍하니 바라보는 인간들.

적과 아군 할 것 없이 그들의 입은 떡하니 벌어졌고, 눈동자는 더할 나위 없이 커져 있었다.

말로만 듣던 마족들의 엄청난 힘.

쿠에에에에에에에에!

키아아아아아아아아아!

취아아아아, 취아아!

새파란 가을 하늘을 수놓는 몬스터들의 처절한 비명.

순식간에 수십만에 달하던 진화형 몬스터와 몬스터 군단들이 도륙되어 터져 나갔다.

단 한 번 제대로 된 반항 한번 못해보고 말이다.

콰직!

"컥……."

배를 뚫고 나온 거대한 검의 손잡이를 바라보는 앙상한 몰골의 마법사.

중간계에서는 적수가 없다던 8서클 대마도사 페르크안.

고대 마법어 다섯 자를 소환하여 방어를 했건만 마족의 검을 막을 수 없었다.

아무리 마족이라 해도 자신의 실드 방어막을 뚫을 수 없었다.

하지만 카르얀이라는 자가 자신에게 펼친 마법 무효화 주문에 이어 진한 푸른색 눈동자가 인상적인 마족의 검에 배가 뚫렸다.

"미, 믿을 수 없다. 어찌 인간이… 마족을… 부릴 수 있단 말인가."

몸 안에 넘쳐 나는 마나로 인하여 치명상을 입고도 입을 열 수 있는 페르크안.

마족이 말을 못 알아들을 것이건만 묻지 않을 수 없었다.

"저분은 인간이 아니시다……."

그러자 놀랍게도 페르크안의 몸에 검을 쑤셔 박은 마족이 인간의 말을 사용하였다.

"나, 나… 난 마황의 저주로 죽을 수 없는… 몸이거늘… 도대체 카르얀은… 누구……. 크아아아악!"

와득.

카르얀이라는 말이 나오는 순간 배에 박혀 있는 검이 천천히 휘돌려지며 장기를 박살 내었다.

극한의 고통에 몸부림치는 페르크안.

마황이 건 저주 덕분에 중간계에서는 죽지 않을 것이라 생각했건만 착각이었다.

배를 불칼로 지지는 듯한 끔찍한 고통.

"감히 더러운 놈이 마황도 쓰러뜨린 마계대공 전하를 함부로 부르다니!"

"마, 마계대공……."

퍼어어어어!

화르르르르르르르르르.

고통 속에서 마계대공이라는 말을 다 뱉는 순간 펑 하고 터져 버리며 불타오르는 페르크안의 육신.

"그리고 난 마계대공 전하를 모시는 마계 11군단 호위 최상급 마족… 유리케르라고 한다."

중간계에 오기 전에 대마황이신 세를리아님으로부터 마신의 축복을 듬뿍 받은 마족들.

새로이 최상급 마족 급으로 진화한 유리케르.

"마계대공 전하의 명이시다! 모조리 쓸어버려라!"

"와아아아아아아아아아!"

피와 살육에 언제나 굶주린 마족들.

살판이 났다.

중간계의 허접한 마물들 따위지만 숫자가 많기에 제대로 신나게 한판 놀 수 있었다.

위대한 마계대공 전하의 커다란 성은에 힘입어서…….

"고, 고맙소이다, 카르얀 공작!"

"이 은혜를 어찌 갚아야 할지…….."

"오! 공작이야말로 이 왕국과 대륙의 은인입니다!"

등 뒤에서 들려오는 쥬아스 왕국 국왕과 귀족들의 칭찬.

'듣기 역겹군.'

불과 얼마 전까지 나를 못 잡아먹어 안달이었던 쥬아스 왕국 놈들.

페르크안뿐만 아니라 몬스터들과 감히 상대할 수 없는 적들을 쓸어주자 은인이라 치켜세웠다.

"사, 살려주십시오!"

"으아아아아! 저희는……!"

"살려주세요!!!"

포크온 제국이 자랑하는 황실 근위기사들과 소울 가드 기사들이 마족들에게 어느새 포위당해 있었다.

인간들이었다면 명예를 수호하기 위하여 죽기 살기로 덤벼들었을지 몰라도 마족들 앞에서는 고양이 앞의 쥐 신세.

모두 무기를 버리고 바닥에 머리를 처박고 살려달라 간청했다.

2,000년을 살아온 8서클 마법사가 나의 마법 무효화 주문과 유리케르의 일격에 한 줌의 재로 사라지자 눈이 돌아가 버렸다.

마족은 근원적 공포였다.

인간이 어찌할 수 없는 드래곤과 같이 마족 또한 그러하였다.

"저 죽일 놈들!"

"카르얀 공작 각하! 포크온 제국 놈들을 모조리 죽이십시오!"

"죽이는 것보다는 포로로 잡아서 소울 가드를 취함이 좋을 것 같습니다."

"그런 방법이 있었구려!"

'미친 새끼들…….'

자신들을 도와주었다 착각하는 것 같았다.

스윽.

몸을 돌려 쥬아스 왕국의 위정자들을 보았다.

움찔.

싸늘하고 조용한 내 시선에 입을 다물고 기가 죽어버린 인간들.

"아직 네놈들 주제 파악을 못한 것 같구나. 후후."

"그, 그게 무슨 말씀이신지…….."

"공작께서 본 왕국의 위험을 알고 도와준 것이 아닌지요?"

스윽.

"컥!"

손을 내밀어 뻔뻔하게 도와주었다 묻는 어느 귀족 놈을 허공으로 끌어 올렸다.

바둥바둥.

보이지 않는 힘의 손에 의하여 목이 잡혀 버린 귀족.

"이름이 무엇이더냐?"

"가, 가우린……. 켁켁."

"네놈이 국왕 옆에서 함부로 주댕이를 놀려 나를 괴롭혔던 가우린 공작이구나. 크크크."

휘익.

콰다다당.

"크악!"

본래 있던 자리로 던져 버렸다.

"국왕이 어떤 자이냐."

"제, 제가 국왕이옵니다."

30대 후반으로 보이는 사각턱에 푸른 곱슬머리가 앞으로 나섰다.

새하얀 페가론 급 소울 가드를 착용하고 있는 국왕.

"멜베시온이 네놈이냐?"

"무, 무엄한……."

쉬익.

콰직!

"으헉!"

무엄이라는 말이 나오기 무섭게 어느새 나타난 유리케르가 귀족 놈의 입에 커다란 대검을 쑤셔 넣었다.

말릴 생각이 없었다.

내 충성스러운 아베르스 영지 기사들을 죽음으로 몰아 넣은 원흉들.

"마계대공 전하시다. 묻는 말에만 답하라."

인간의 언어를 할 줄 아는 유리케르.

세를리아의 축복을 받아 최상급 마족으로 각성한 그의 모습에서는 나에 대한 극도의 존경이 묻어 나왔다.

꿀꺽.

이제야 상황 파악이 된 듯 마른침을 삼키며 두려워하는 인간들.

"꿇어라."

조용히 흘러나오는 한마디.

"……."

마지막 자존심에 무릎을 꿇지 않는 쥬아스 국왕 이하 귀족들.

파슷.

유리케르의 몸에서 살기가 번뜩 일어났다.

철퍽.

"위, 위대하신 마계대공 전하를 알현하옵니다!"

그때 쥬아스 왕국의 국왕 놈이 무릎을 꿇고 두 손을 들어올리며 최상의 경배를 올렸다.

인간이었지만 난 지금 마계를 대표하는 마계대공.

"마계대공을 알현하옵니다!"

철퍽. 철퍽.

국왕이 무릎 꿇자 뒤를 이어 최상의 예를 올리는 귀족과 기사들.

그들의 모습에 씁쓸하였다.

콜른 왕국에 있을 당시에도 마음만 먹는다면 모조리 죽일 수 있었다.

그러나 조용히 왕국과 영지를 보존하고자 하였다.

'하아, 어쩔 수 없음이야.'

강한 자에게는 약하고 약한 자에게는 강할 수밖에 없는 인간 본성.

이들을 죽이고 벌한다 해서 죽어버린 내 기사들이 돌아오지 않을 것이며, 이곳 대륙에도 평화가 오지 않을 것이리라.

"멜베시온은 듣거라."

"하, 하명하시옵소서, 마계대공 전하."

마계대공이 어떤 지위인지도 모르고 유리케르의 모습에 영혼의 기가 꺾인 국왕이 벌벌 떨며 대답하였다.

"과거에 나를 괴롭혔던 너희들을 벌할 마음은 없다."

"저희들의 무지를 용서해 주셔서 황공하옵니다!"

왕가에서 태어나 이런 극존칭을 사용함은 처음일 국왕.

진심으로 기뻐하고 있었다.

인간이 아닌 마족에게 무릎 꿇는다고 뭐라 할 사람은 이곳 대륙에는 없었다.

"단, 조건이 있다."

"조건이라 하시면……."

'이곳 대륙의 일은 이곳 대륙인들에게 맡겨야 한다.'

내가 간섭할 필요가 없었다.

미미만 찾으면 곧 지구로 돌아가야 할 몸.

"듣기로 그대는 나름 선정을 베푸는 국왕으로 알고 있다.

맞는가?'

"황공하옵니다! 전하!"

이제 완전 내 신하가 되는 것처럼 말투가 자연스러웠다.

"조건은 간단하다. 지금처럼 그 마음 변치 말고… 쥬아스 왕국뿐만 아니라 콜른 왕국을 부탁하노라."

"헉!"

콜른 왕국은 이미 무너졌다.

마지막 버팀목이었던 나를 버리는 순간, 그 왕국의 운명은 다했다.

다이아나도 알고 있을 것.

지금쯤 나름대로 결단을 내렸을 것이다.

"포크온 제국 기사들의 소울 가드는 내가 가져갈 것이다. 네 힘으로 이 왕국과 땅을 수호하라!"

"마계대공 저, 전하의 명을 받드옵니다."

살려줄 뿐만 아니라 콜른 왕국까지 넘겨준다 하자 기뻐하는 국왕.

'살고자 하는 의지가 있다면 다들 알아서 하겠지.'

페르크안과 고위급 전력을 처리해 주었기에 나머지는 이곳 대륙인들이 알아서 할 것.

내가 해줄 수 있는 일만 관여할 생각이었다.

페르크안은 어차피 마황이 뿌린 악의 씨앗이었기에 당연히 거둬들일 뿐이었다.

'슬슬 올 때가 된 것 같은데……'

페르크안 제거와 동시에 노렸던 또 다른 큰 물고기.

'왔군!'

파아아앗!

어느새 진화형 몬스터와 몬스터들, 그리고 페르크안을 따라왔던 마법사들과 소환사, 어둠의 배덕자들은 모두 싸늘한 시체가 되어 있었다.

마족들에게 허락했던 살인 면허.

한둘도 아니고 새로이 보충된 마계 11군단 중급 마족 이상 1만 마족 병사들에 의하여 불귀의 객이 되었다.

그리고 내가 원했던 자들이 나타났다.

이동 마법의 빛과 함께 등장하는 세 명의 존재들.

모두 다 은빛 머리칼의 인간들의 모습을 하고 있었다.

"모두 멈춰라!!!"

나타나자마자 울리는 멈추라는 단호한 경고성.

'저놈들이 중간계의 수호자인 드래곤들이라 이거지……'

단 한 번도 본 적 없는 드래곤.

본체가 아닌 폴리모프한 상태로 나타난 드래곤들의 등장.

처저적.

어느새 내 곁으로 날아와 대기 중인 11군단 호위 마족들.

마계대공인 나의 격에 맞게 모두들 대마황의 축복을 받아 최상급 마족으로 각성되어 있었다.

Chapter 441

꺼져! 지옥으로!

"마, 마족들……."

"크, 큰일입니다. 저희들만으로는 어찌할 수 없을 것 같습니다."

갑작스럽게 중간계에 이는 엄청난 마력에 깜짝 놀란 현재 중간계의 감시자인 실버 일족의 레모카이드아.

눈에 보이는 광경에 눈살을 찌푸렸다.

벌어질 참사에 두려워하는 실버 일족의 웜 급 드래곤 티오 디카레스와 바네모리디크.

중간계에서 드래곤 일족으로 태어나 이런 낯선 공포는 처음이었다.

자신들을 바라보는 거의 1만에 가까운 마족들의 시선.

발가벗고 서 있는 느낌이었다.

"뭐야? 저것들은?"

"흐흐흐. 말로만 듣던 중간계 도마뱀들이잖아!"

"크크크, 맛있겠다."

"저 계집 도마뱀은 내 거야!"

"흐흐흐……."

멈추라 소리쳤던 레모카이드아의 말에 뜨겁게(?) 반응하는 마족들.

두려워하는 자는 아무도 없었다.

중간계의 마나가 달라 마족들이 힘의 제한을 받았지만 이 숫자라면 드래곤 전부가 몰려와도 한번 해볼 만한 전력이었다.

더욱이 죽음을 기쁨으로 생각하는 마족들에게 싸울 수 있는 강한 대상이 나타남은 축복과 다를 바 없었다.

"로… 로드님과 전 일족을 불러야겠어."

레모카이드아도 드래곤하트가 싸늘하게 식어감을 느꼈다.

아무리 곧 에이션트 드래곤이 될 자신이었지만 저 엄청난 수의 무식한 놈들은 상대할 수 없었다.

사방에서 날카롭게 쏘아져 오는 마족들의 눈빛.

드래곤들이 중간계의 다른 종족을 바라볼 때와 전혀 다르지 않았다.

전혀 두려워할 대상이 아니라 마음만 먹으면 단숨에 터뜨려 죽일 수 있는 광포함 그 자체였다.

스스슷.

"허엇! 마, 마나가 차단되었습니다!"

"이런 엄청난 마나 활성화 능력이라니……."

드래곤 로드와 다른 일족을 깨우기 위해 마법을 펼치려던 실버 일족의 웜 급 드래곤들의 얼굴이 얼어붙었다.

무한 마나 주머니라는 드래곤하트를 소유한 자신들의 마나를 넘어서는 마나 활용 능력을 소유한 자가 있었다.

중간계에서도 차원의 법칙을 어기고 이 정도 능력을 발휘할 자.

슈우우우욱.

어둠보다 더 검은 로브와 가죽 갑옷을 착용하고 검은 머리칼을 휘날리며 최상급 마족 이상이 착용하는 검은 로브를 지옥의 사신처럼 휘감은 마족들 10여 명의 보호를 받으며 다가오는 자.

"마… 마황!"

"으헉!"

웜 급 드래곤들이 숨 막히는 표정을 지었다.

다가오는 자에게서 느껴지는 어마어마한 마나.

대기 중의 모든 마나가 그와 동화되어 드래곤들을 압박했다.

"해제!"

파아아앗!

곧 에이션트 드래곤으로 넘어가는 레모카이드아가 속박에 반항하기 위하여 본체로 현신하였다.

"해, 해제!"

"해제!!!"

그 모습에 다른 드래곤들도 해제를 외쳤다.

"……."

하지만 그들의 외침에 마나는 반응하지 않았다.

"허억……!"

"윽!"

"크으……!"

낭패가 아닐 수 없었다.

중간계의 수호자이며 마나의 친구라 불렸던 자신들이었건만 마나로부터 배신을 당했다.

얼굴이 썩은 돼지간처럼 변한 실버 일족의 드래곤들.

이런 일에 대처할 방법은 전혀 배우지 않았다.

아무리 마황이라 해도 중간계에서는 본체로 현신까지 막을 수 없었다.

그러나 마황으로 짐작되는 놈에게 우롱을 당했다.

"너, 넌 누구냐!"

놀람과 당혹 속에서도 누구냐 묻는 레모카이드아.

엘프로 유희 중인 그녀의 튀어나온 귀가 파르르 떨렸다.

"도마뱀들이 함부로 입을 여는구나! 감히 마계대공 전하 앞에서 너라니?'

"크크. 모조리 가죽을 벗겨 갑옷이나 만들어야겠어. 죽게 뇌년 자연스럽게 본체로 돌아갈 터이니."

"드래곤의 피가 달콤하다고 하더니 오늘 횡재했군. 흐흐흐."

최상급 마족들로 짐작되는 호위 마족들이 드래곤을 향해 입맛을 다셨다.

부르르르.

진정 드래곤이 된 이후로 처음 경험해 보는 죽음에 대한 공포.

레모카이드아와 달리 웜 급의 드래곤들은 눈동자가 심하게 떨리기 시작했다.

머릿속에 그려지는 마족들에게 피를 빨리고 있을 자신들의 본체.

생각만 해도 끔찍했다.

"차, 차원의 법칙에 위배되는 행동임을 모르느냐! 마… 마족은 결코 중간계를 넘보지 말아야 한다! 중간계를 수호하는 신들이 너희들을 용서치 않을 것이다!'

그나마 오랜 세월을 살아왔고 드래곤하트가 남달라 두려움을 이겨내고 법칙을 말하는 레모카이드아.

"이거 어쩌나. 난 마족이 아니라 중간계의 신들이 좋아하시는 인간인데~"

"……!!!"

"뭐, 뭐라고!"

"마… 말도 안 돼!"

마족들의 보호를 받는 마계대공이라는 자가 비웃음 가득 담은 미소를 지으며 인간이라 말을 꺼내었다.

"인간 맞아. 너희들이 드래곤이 맞는 것처럼."

"……!!!"

인간이 맞았다.

마족들과 확연히 구분되는 마나의 기운.

비록 마나를 유동시키지는 못했지만 느낄 수는 있었다.

"인간이 왜……."

"내놔."

"뭘 말이야?"

"내 여자친구."

"여자친구? 그걸 왜 우리들에게서 찾는 것이냐……."

"네놈들 일족이 데려갔으니까."

"뭐라고? 우리 일족이 왜 인간 여자를……!"

말을 하다 말고 갑자기 떠오른 생각 하나에 인상을 찌푸리는 레모카이드아.

휘익.

콰직.

"커억!"

그녀의 작은 변화에 어느새 다가와 하얀 목을 움켜잡는 마계대공.

"역시 알고 있구나!"

확신에 찬 표정으로 레모카이드아의 목을 움켜쥐며 분노하는 인간.

"아, 알려주겠다. 그러니 이 손을……. 켁켁!"

생생이 느껴지는 죽음의 공포에 새하얗게 얼굴이 탈색된 레모카이드아.

스윽.

목에 가해진 힘이 풀렸다.

"크으……."

얼마나 강하게 움켜잡았는지 목뼈가 어긋날 뻔하였다.

"거짓말할 생각 하지 말아라. 만약 허튼소리를 하거나… 그녀의 몸에 상처라도 하나 존재한다면… 네놈들 일족 모두의 가죽을 모조리 벗겨 살점을 토막내 마계의 마물들에게 던져 줄 것이리라!"

오만하다 못해 광오하고 차원계 법칙을 정한 신의 용서를 받지 못할 말을 잘도 쏟아내는 인간 마계대공.

"마나의 이름으로 도와주겠다. 그러니… 마족들을 물려라. 확인 뒤에 가죽을 벗기든지 말든지 하라……."

약속을 하면 반드시 지켜야 하는 드래곤의 언령 약속.

마나가 언급되는 순간 드래곤은 설사 종이 되더라도 그 말을 수호해야 했다.

"좋아~ 그럼 약속의 종족이라는 너희들의 말을 믿어보지. 얘들아~"

"충!"

"그만 정리하고 돌아가 있어! 저기 인간들 갑옷 다 챙겨서~"

"충!"

마족들을 애들이라 말하는 인간 마족.

드래곤들의 얼굴에 믿지 못하겠다는 표정이 가득 들어찼다.

어찌 믿을 수 있겠는가.

자신들이 마족도 아닌 벌레처럼 여기는 인간에게 지금 포로 신세가 되었다는 것을.

'인간이 어떻게……'

에이션트 드래곤에 들어서는 레모카이드아는 자신이 알고 있는 대대로의 일족 지식과 자신의 지식에 어긋나는 인간의 등장에 극도로 혼란스러웠다.

거의 1만에 가까운 마족들을 어린아이들 다루듯 하는 인간.

마족들은 그런 인간의 명에 즐겁고 충성스럽게 대답하였다.

"다른 곳에 가서 이야기하지. 애들은 알아서 돌아갈 테니까."

"아, 알았다. 이… 이동!"

바라던 바였기에 즉시 범위 이동 마법을 펼치는 레모카이드아.

파앗!

어느새 소리도 없이 풀려 버린 마나 제약.

인간 마족과 함께 순식간에 모습이 사라졌다.

"얘들아! 대공 전하의 말씀 들었지~ 쟤들 갑옷 벗겨서 돌아가자!"

"추웅!"

카르얀이 사라진 상태에서 마족들을 지휘하는 유리케르.

'중간계 참 공기 시원해서 좋단 말이야.'

얼마 안 되었지만 다시 돌아와 본 중간계.

가볍고 착한 중간계 바람을 폐부에 깊숙이 들이켰다.

가끔 시간나면 중간계에 와서 용병 놀이를 할까 마족 같지 않은 생각을 하면서……

팟!

휘이이이잉.

드래곤이 펼친 이동 마법을 타고 도착한 공간.

도착하자마자 바다 내음 가득한 바람이 불어왔다.

'섬?'

거대한 섬이라 짐작되는 곳.

처얼썩, 처얼썩.

바람에 실린 거대한 파도가 절벽에 부딪쳐 포말로 사라졌다.

"나의 레어다. 인간들에게는 잊혀진 섬 로도스라고 불리는 곳이다."

의문을 품자 바로 답해주는 은빛 머리칼이 신비로운 엄청난 미인 드래곤.

'그녀다! 엘프 마을에서 보았던 조각상의 주인.'

처음 볼 때 어딘가 낯이 익은 드래곤이다 생각했다.

바위탕탕 드워프 일족 옆에 존재하던 엘프 마을의 여신 조각상이었다.

"엘프들은 어디에 있지?"

"헉⋯⋯!"

엘프라는 말에 깜짝 놀라는 드래곤.

"엘프들을 돌려보낼 생각은 없는가? 네가 드래곤이라는 사실을 알고 좋아할 엘프들은 없을 것 같은데."

바위탕탕 일족들이 엘프들을 생각하며 아쉬워했던 장면이 떠올랐다.

"나, 난 그들의 보호자다."

"정말?"

"그, 그렇다! 그들이 평안한 곳을 찾기에 이곳에 데려왔을 뿐이다."

"그럼 엘프들을 데려다 물어볼까? 그 말이 진실인지?"

"……."

내 말에 입술을 꼬옥 다무는 드래곤 레모카이드아.

여신의 화신이라는 엘프 족으로 변신해 있다지만 그들의 본체 조각상을 알고 있는 나는 전혀 감흥이 없었다.

오만하고 언제나 자신만이 정의라 외친다는 드래곤.

인간 역사서에 많이 기록되어 있지 않았지만 몇몇 이야기와 정보를 통해 드래곤들이 결코 정의롭거나 민주주의적이지 않다는 사실은 알고 있었다.

"너희들을 마계로 데려가 종으로 삼으면 기분이 어떨까? 이곳 중간계보다 더 안전하다고 보장하면서 말이야."

"그건……."

내 말에 당혹해하는 세 마리의 드래곤.

언제나 강하기에 힘의 논리로 살아왔을 오만한 존재들.

"좋을 말 할 때 돌려보내 줘라. 드래곤들 모두 사냥해서 인간들에게 구경거리로 팔기 전에."

경고를 날렸다.

이계 여행 중에 깨달은 사실 하나.

모든 것들은 본래 자리에서 최선을 다할 때 빛이 나는 법이었다.

"아, 알았다."

"고맙다. 그건 그렇고 내 여자친구는 어디에 있지? 이곳에 있는 것 같지는 않는데?"

"블루 일족 프레모디스가 데리고 있을 것이다."

"블루 일족?"

"남쪽 바다의 수호자가 바로 프레모디스다. 그가 얼마 전 구대륙에서 활동하였다."

"그래? 그럼 빨리 데려다 주면 고맙겠다."

"…혹시 무슨 일이 있더라도 너무 분노하지 말라. 그도 모르고 벌인 일이니……."

"후후, 난 한 번 뱉은 말은 꼭 실천하고 말지. 더욱이 싸가지없는 새끼들에게는 반드시 말이야."

확고한 나의 신념.

"휴우……."

엘프로 폴리모프해 있는 실버 드래곤이 한숨을 내쉬었다.

"티오디카레스, 바네모리디크. 레어로 돌아가 있으라."

"아, 알겠사옵니다, 레모카이드아님."

"조심하십시오."

내 눈치를 살피는 어린 드래곤들.

"얼마 살지도 못하는 용생, 앞으로 착하게 살아라."

"…끙."

"크으."

인간인 나에게 착하게 살라는 말을 듣고 똥 씹은 표정이 되어버린 두 마리 드래곤.

"이동!'

"이동!!!'

파아앗!

이동이라는 외침과 함께 사라졌다.

"한 가지만 묻겠다. 넌 어떻게 마나를 그리 통제할 수 있는가? 인간이 왜 마나 그 자체로 느껴지는 것인가?'

호기심 번뜩이는 눈으로 내 힘의 정체를 묻는 여성체 드래곤.

씨익.

입가에 지어지는 미소.

"알면… 다친다."

"……."

조용한 경고에 인상을 가볍게 찌푸리는 드래곤.

엘프로 변신해서 그런지 인상 쓰는 모습도 완벽하였다.

"이제 우리도 가지."

"알겠다. 이동!!'

내 말에 더 이상 묻지 않고 이동을 외치는 레모카이드아라 불리는 실버 일족 엘프 드래곤.

팟!

새하얀 빛이 내 눈에 들어왔다.

'미미야! 조금만 기다려! 내가 간다!'

여유로운 표정과 달리 마음은 한없이 바빴다.

미미에게 무슨 일이 발생하면 진짜 드래곤들 가죽 모두 벗길지 몰랐다.

그렇게 모용미미는 나에게 소중한 존재였다.

"흐흐흐흐. 정말 귀찮은 계집이군. 이제… 인내가 바닥난 거 같다. 밖에서 느껴지는 기운들로 봐서 미친 마족 놈들이 온 것 같군."

신대륙과 구대륙 중간에 위치한 깊은 바다 속에 위치한 블루 드래곤의 레어.

마법으로 수압을 차단하여 거대한 동굴은 지상에 있을 때나 똑같이 공기와 수분이 존재했다.

"내가 전력으로 펼치는 언령 마법을 견딜 수 있는지 궁금하군. 이번에도 깨어나지 않는다면 정말 리치로 만들 수밖에 없어. 정신이 완벽하게 파괴될 것이니. 흐흐."

사라락.

잠들어 있는 인간 여인의 머리칼을 부드럽게 쓸어 넘기는 블루 드래곤 프레모디스.

스윽.

손을 들어 올렸다.

잠시 더 놀아주고 싶었지만 그리 오래 살지 않아서인지 인내심이 바닥이 나버렸다.

그리고 자신의 마나 파장에 감지되는 거대한 감각에 더 큰 호기심이 발동했다.

"나 프레모디스 노바루디온 아이젤이 드래곤하트에 깃든 마나의 정의로 명하노라. 여기 있는 존재의 정신을 깨우기를 명하노……."

"멈춰! 이 멍청한 블루 드래곤 새끼야!"

"헉!"

막 언령을 발동하여 인간 여인의 정신을 강제로 깨우려던 블루 일족 프레모디스의 귀에 들려오는 차가운 경고.

"누구……! 다, 당신이 왜……!"

레어에 설치된 마법 방어막을 무시하고 등 뒤에 나타난 존재에 화들짝 놀라는 프레모디스.

"너 하나 때문에 일족들 모두 가죽이 벗겨질 참이었다!"

"무슨 헛소리냐! 그리고 아무리 너라 해도 나의 레어에 무단으로 침입하다니! 로드께서 아시면 가만있지 않을 것이다!"

"흥! 멍청한 새끼!"

드래곤들은 본래 성룡이 되면 그 무슨 짓을 하더라도 상관하지 않는다.

헤츨링을 죽인다면 일족 모두가 복수를 하지만 성룡이 된 자들이 죽는다면 결코 간섭하지 않는다.

다만 줄어드는 일족의 숫자 때문에 같은 드래곤들끼리의 싸움은 로드의 명으로 금지되었다.

지금처럼 강한 드래곤이 허락없이 다른 일족의 레어에 들어가는 행위도 마찬가지였다.

하지만 단 하나 예외 규정.

드래곤 종족 전체에 위험을 가하거나 가할 수 있는 위험이 있는 경우 관여할 수 있었다.

"저 뒤에 놈은… 그때 마계로 도망친 인간 놈이군. 흐흐흐. 드디어 찾아오셨군."

곧 에이션트 드래곤이 될 레모카이드아를 무시하며 옆에서 있는 카르얀을 알아보고 하얀 이를 드러내며 웃는 프레모디스.

"무슨 짓을 한 건가……."

차갑고 시리게 질문을 던지는 놈.

"이년? 크크크. 내 손에 잡힌 뒤에 반항하다가 스스로 잠에 빠져들어 갔다. 마법으로 깨울 수 없어 오늘 언령 마법으로 깨울 참이었다. 오! 마침 잘되었다. 그리 안 해도 구경꾼이 필요했는데 너희들이 참관 좀 해주거라. 이년이 인간 주제에 아주 특별한 능력을 소유하고 있다. 내가 본체로 현신해서 싸워야 할 만큼 엄청난 마나를 품고 있었다. 흐흐흐."

"언령 마법을 인간에게 사용하면 감당하지 못하고 정신이 붕괴된다! 그걸 모르는 것이야!"

레모카이드아가 인상을 잔뜩 찌푸린 채로 경고를 날렸다.

"모르긴 뭘 몰라. 이년이 그리된다면 리치로 만들어 박제를 할 생각이야. 인간 주제에 마족의 주군이라 불리는 저놈이 잘 볼 수 있게 말이야. 크크크."

"죽인다."

"죽여? 날? 네놈의 형편없는 힘으로 날? 마족과 허겁지겁 도망치던 네놈이 날? 크하하하하하하하!"

레어가 떠나가라 웃음을 터뜨리는 프레모디스.

촤악.

"컥!"

그때 갑자기 허공에서 날아온 검 하나가 프레모디스의 오른팔을 잘라 버렸다.

촤아아아악!

뿜어지는 푸른 피.

"크아아아아아아! 네, 네놈이 날!"

파아아아아앗.

고통에 분노하며 본체로 변신하는 프레모디스.

"꺼져! 지옥으로!"

갑자기 울리는 지옥으로라는 말.

슈파아앗!

본체로 변신하던 프레모디스의 몸이 빛과 함께 사라졌다.

"어, 어디로 보낸 거야?"

자신도 모르는 마법 사용에 레모카이드아가 놀라 물었다.

"그놈의 뼈와 피 한 방울까지 사랑해 줄 이들에게… 보냈다."

"아……."

인간 마족의 말에 레모카이드아는 낮은 신음을 흘렸다.

자신의 눈앞에서 사라져 버린 드래곤 프레모디스.

영원히 다시 볼 수 없음을 본능적으로 알았다.

"너도 꺼져!"

"아, 알았다. 이동!"

그리고 들려오는 꺼지라는 말에 급히 이동 마법을 펼쳐 사라지는 레모카이드아.

무려 드래곤으로서 5,000년을 살아온 그녀의 등 뒤가 어느새 촉촉한 땀으로 흠뻑 젖어 있었다.

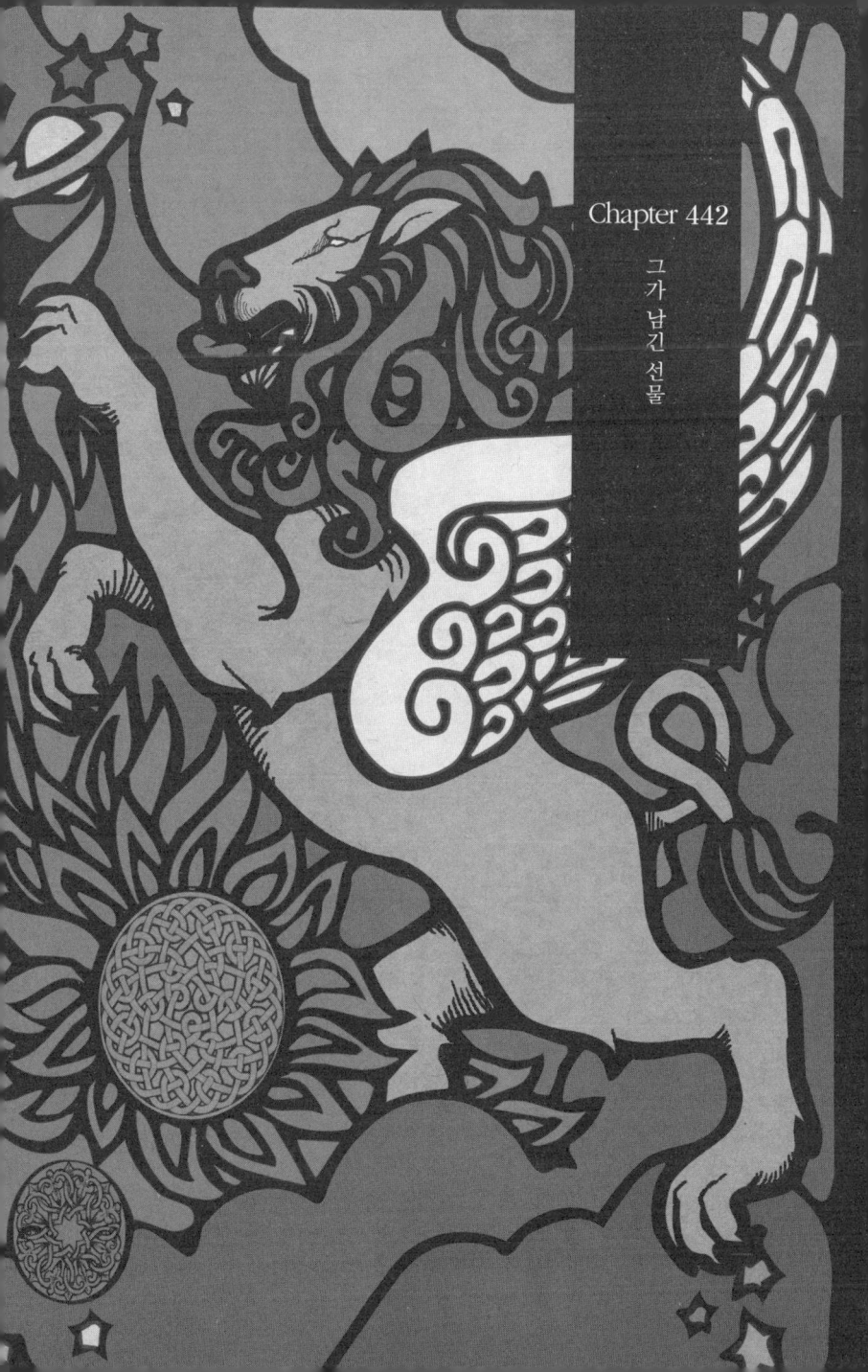

Chapter 442

그 가 남 긴 선 물

마계
대공
연 대 기

"크하하하하! 드래곤이다!"

"대공 전하께서 정말 드래곤을 보내주셨다!"

"사냥이다! 사냥!"

마계의 가장 강한 전사들이 머무는 마계 11군단의 상공.

갑자기 빛과 함께 날개가 잘린 새파랗고 거대한 드래곤 한 마리가 모습을 드러냈다.

그런 드래곤의 등장에 11군단 마족들은 황홀해 미칠 지경이었다.

중간계로 떠나기 전 내려왔던 마계대공 카르얀의 명령 하나.

만약 마계에 드래곤 한 마리가 나타나면 무조건 사냥해서 처참하게 죽이라 명했다.

뼈는 검으로 만들고 피는 마음껏 빨아 마셔도 되지만 드래곤하트는 남겨놓으라 했다.

그리고 지금 정말 드래곤이 나타났다.

우지근.

쿠우우우웅.

엄청난 마나가 존재해도 혼돈의 마력이 들끓는 차원계 영토에서는 마법을 거의 사용할 수 없었다.

거기에 더하여 본체로 현신하였기에 숨을 곳도 없었다.

"쿠아아아아아아아아아아아아!"

분노에 블루 드래곤의 냉기 브레스를 차원계 영토에 뿌리는 프레모디스.

"오오! 저 새끼 재주도 좋네!"

"저 반짝이는 이빨은 내 거야!"

"끼야야야야야오!"

턱! 터더더덕!

브레스에 겁을 먹기보다는 검을 뽑아 들고 사냥의 광기에 드래곤을 향해 돌격하는 수만 명의 마족들.

"크아아아, 크아아아아아아!"

쿵쾅! 쿵쾅! 쿵쾅!

공포에 질린 드래곤이 거대한 엉덩이를 씰룩이며 도망을

치기 시작했다.

방금 전까지는 꿈에도 생각 못했던 악몽.

지옥이 따로 없었다.

자신을 향해 달려드는 마족 떼들.

드래곤의 단단한 영혼이 가출하기 일보 직전이었다.

우지지직, 우지지직.

거대한 수목을 쓰러뜨리면서 피눈물 흘리며 도망치는 프레모디스.

차원 이동 마법을 펼칠 수 없었다.

드래곤의 머리 위에 나타나는 혼돈의 그물.

모든 마나 사용을 철저하게 막아버리고 있었다.

그에게 임한 마신의 저주처럼……

"자는 거야……."

침대 위에 누워 편안하게 잠을 자고 있는 모용미미.

두 손을 포개 가슴에 얹고 고운 숨을 쉬며 깊은 잠에 빠져 있었다.

사랑스러운 천사가 따로 없었다.

학교 일진이자 원주에서 적수가 없으며 이제는 이계에서도 인간들 중에 최고의 능력자가 된 모용미미.

드래곤의 마수에 걸려 깊은 잠에 빠져 있었다.

스스로 걸어버린 가사 상태.

자신이 원하는 방법이 아니라면 절대 눈을 뜨지 못할 것이
리라.

내가 가진 능력으로도 어찌할 수 없었다.

"좀… 늦게 왔지."

사라락.

이마에 올려 있는 머리칼을 조심스럽게 쓸어내렸다.

내 목소리에도 일어나지 않았다.

어느 곳을 헤매고 있을지 모르는 미미의 깊은 꿈의 세계.

"미안해, 널 지켜주지 못해 정말 미안해……."

처음 미미를 만날 때 이런 날이 올 줄은 상상도 못했다.

내 어깨를 밟고 피카츄 팬티를 보여주며 담장을 넘어가던
당찬 일진 여학생.

이계에 와서 깊은 잠에 빠져 버렸다.

독이 든 사과를 먹은 백설공주처럼.

"기다릴게. 네가 깨어나는 그날까지 이곳에서 기다리고 있
을게. 나를 기다리며… 무서웠던 너처럼 희망을 버리지 않을
게."

사락.

따듯한 미미의 손을 잡았다.

참으로 부드러웠다.

한 번쯤 잡고 싶었던 미미의 손.

허락도 없이 잡았지만… 좋았다.

언젠가 깨어날 것을 알기에 난 행복한 놈이었다.

만약 드래곤에게 죽기라도 했다면… 드래곤뿐만 아니라 나를 용서치 않았을 것이리라.

"미미야, 우리 다시 결투해야지. 패배하는 사람이 모든 소원 들어주기로 했잖아. 이제… 정말 이길 자신 있는데……."

손을 잡고 잠든 미미의 얼굴을 보고 있자니 울컥 눈물이 솟아올라 왔다.

사내는 태어날 때와 부모님 돌아가실 때 딱 두 번 울어야 한다고 말씀하시던 멋없는 우리 아버지.

그런 멋대가리없는 아버지 밑에서 자란 나였지만 눈물이 많은 것 같았다.

주룩.

눈동자에 가득 찬 뜨거운 눈물이 볼을 타고 흘러내렸다.

"일어나… 미미야……. 내가 지켜줄게……."

내가 지켜주고 싶은 또 한 명의 여인.

스으윽.

그녀의 얼굴을 마주 보았다.

뚝. 뚝. 뚝.

볼을 타고 흐르던 눈물이 미미의 얼굴에 떨어져 다시 흘렀다.

"일어나… 나의 피카츄 공주님……. 보고 싶어… 별을 닮은 너의 눈동자를……."

간절히 소망하며 미미의 눈을 보았다.

스르륵.

눈을 감았다.

내 진심이 전해지기를 기원하며 미미의 붉은 입술에 내 입술을 가져갔다.

잠자는 백설공주를 깨웠다는 왕자의 입맞춤.

왕자는 아니었지만 그녀를 지켜주는 기사쯤은 되었다.

스르르륵.

입가에 느껴지는 뜨거운 미미의 입술.

"크으……."

끊임없이 흐르는 눈물.

'우리 집으로 돌아가자… 미미야.'

마음으로 외쳐지는 한마디.

스윽.

"……!!!"

그때 갑자기 무언가 움직이는 소리가 들렸다.

눈을 번쩍 떴다.

사락.

그 순간 목에 느껴지는 부드러운 느낌 하나.

'미, 미미야!'

입술이 닿아 있기에 부르지 못하는 미미.

어느새 눈을 뜨고 있었다.

나와 같이 눈물을 한가득 담고 있는 미미의 새카만 밤하늘을 닮은 눈동자가 나를 보고 있었다.

스륵.

그리고… 입술을 열고 들어오는 따뜻한 그 무엇.

퍼버버버버벙.

갑자기 머릿속에서 터지는 화려한 수만 발 폭죽음.

"읍! 읍!"

놀라 입술을 떼려 했지만 강하게 내 목을 붙잡고 있는 미미의 강인한 팔.

'흑흑… 어무이! 아부지! 드디어… 저주에서 풀렸습니다! 대한민국 만세! 만만세!'

마음속으로 외쳐지는 대한민국 만세.

통일만큼이나 소원했던 모태솔로의 저주로부터 해방.

드디어 길고 긴 저주가 끝이 났다.

조금 까칠하고 개성 넘치고, 뭐 가끔 입에 쌍시옷도 달고 사는 일진 짱이지만 좋았다.

사랑받기에 충분하고 날 사랑하기에 완벽한 소녀.

그녀의 이름은 모용미미였다…….

히이이이이이이이잉.

'이 소리는!'

대륙에 일었던 8서클 대마도사의 저주가 완벽하게 풀렸다.

마계대공 카르얀이라는 어마어마한 신분을 소유한 인간 마족이 페르크안과 그 일당들을 모조리 날려 버렸다.

물론 그들이 사라졌다고 전쟁이 끝나지 않았다.

포크온 제국에게 왕국을 빼앗겼던 각 왕국의 후손들이 분연히 각지에서 일어나 영토 회복을 외치며 검을 들었다.

그에 맞서 포크온 제국, 아니, 이제는 십여 개의 왕국으로 쪼개진 제국의 귀족들이 빼앗기지 않으려 혼신의 힘을 다했다.

황제가 독에 중독되어 죽고 난 뒤에 자연스럽게 펼쳐진 제국의 분열.

북부 대륙은 지금 한바탕 전쟁의 폭풍 속에 휘말렸다.

그리고 그런 전쟁의 소용돌이에서 언제나 자유로운 마탑들은 폐쇄를 풀고 문을 활짝 열었다.

포콰온 마탑도 마찬가지였다.

"깜식이가 왜 우는 거지?"

포콰온 마탑주의 손녀이자 마법적 재능이 남달라 마탑의 미래라 불리는 아이디아.

하루에 한 번씩 칼맨, 아니, 카르얀이 남기고 간 깜식이를 돌보았다.

쥬아스 왕국을 도와 페르크안과 몬스터들을 처치하고 마계로 돌아갔다는 마계대공 카르얀.

그가 한 번쯤 찾아올 것 같아 매일같이 깜식이를 살폈다.

"앗!"

마탑 폐쇄 때도 바깥으로 내보내지 않았던 깜식이.

전용 마구간에 들어서던 아이디아는 자신의 눈을 의심해야 했다.

깜식이 마구간에 가득 들어찬 싱싱한 당근과 오이.

그리고… 말과 어울리지 않는 펄떡이는 생선.

터억.

안으로 놀라 들어서다 발에 밟히는 마법서 몇 권.

그리고 편지 한 장.

"카르얀!"

누군지 알 것 같았다.

스륵.

급하게 편지를 꺼내는 아이디아.

"피이… 이게 뭐야!"

편지에 쓰여 있는 짧은 몇 마디.

"마법 열심히 배워 훌륭한 탑주가 되라니! 흥! 카르얀, 정말 이러기야! 순수한 소녀의 마음을 홀랑 가져가 놓고! 늙어 죽을 때까지 마법사질이나 하라는 거야! 흥흥! 기다려! 내 기필코 8서클에 올라 마계로 잡으러 갈 테니까!"

작은 주먹을 움켜쥐고 부르르 맹세하는 아이디아.

말과 달리 그녀의 입가에는 환한 미소가 머물러 있었다.

자신을 잊지 않고 찾아와 준 마계대공 카르얀.

정말 고마웠다.

한때의 작은 인연이지만 이런 작은 것들을 소중하게 생각해 주는 카르얀이라는 멋진 남자.

죽어서도 잊을 수 없을 것 같았다.

처음 만난 그날부터 오늘, 그리고 아이디아가 죽는 그날까지 그는 벅차게 멋있는 남자가 틀림없었다.

"쫀쫀한 엘프 녀석들 같으니라고! 옛날부터 자신의 땅이었다고? 흥이다! 갑자기 나타나서 영역 표시라니… 으이구! 저런 엘프 녀석들이 뭐가 좋다고 선조들은 보고 싶다 난리셨는지……."

투덜투덜거리며 엘프 마을에서 돌아오는 바위탕탕 일족의 족장 바유리크.

며칠 전 갑자기 버려졌던 엘프 마을에 엘프들이 돌아왔다.

그 모습에 드워프들은 광분하며 엘프 마을에 찾아갔다.

그러나 가자마자 자신들의 마음과 달리 무표정한 얼굴로 뭐하러 왔냐 묻는 엘프들.

반가웠던 마음이 싹 가셨다.

그리고 얼마 지나지 않아 엘프 마을과 몇몇 장소는 엘프들의 영역이니 절대 함부로 들어오지 말라는 경고를 받았다.

반가움이 바로 적의로 바뀌는 감정은 한순간.

홧김에 저장고에 있던 귀중한 맥주를 다 마셔 버렸다.

"조, 족장님! 족장님!"

마을로 들어서고 있는 바유리크에게 달려오는 푼둔과 바크란.

"무슨 일이야! 엘프들이 또 뭐라고 그래?"

"그, 그게 아닙니다! 지금 마을 광장에……."

파앗! 파앗! 파앗!

푼둔이 말하는 와중에 마을 광장에 이는 강렬한 마법 빛.

"으헉! 뭐, 뭐야! 위대한 존재라도 나타났어?"

"그게 아니라니까요! 지금… 엄청난 맥, 맥주……."

"맥주 뭐! 말 좀 똑바로 해!"

"맥주통이 엄청나게 쌓이고 있어요! 밀가루와 각종 옷감까지 엄청나게요!"

"뭐, 뭐라고! 맥주가!"

다른 것들보다 맥주라는 말에 눈이 확 떠진 족장 바유리크.

"크하하하하하. 카르얀! 내가 널 믿고 있었다! 우리 일족의 영원한 친구! 너 아니면 누가 우리를 알아주냐! 크하하하하하하하하!"

마을이 떠나가라 광소를 터뜨리는 바위탕탕 일족의 족장 바유리크.

"자! 뭣들 해! 축제다! 축제! 썩을 놈의 엘프들을 저주하며! 우리 신나게 마시자!"

"와아아아아아! 축제다! 축제!"

족장의 말에 바위탕탕 일족 드워프들 모두 환호성을 질렀
다.

　정말 오랜만의 축제다운 축제였다.

　쌓여가는 맥주통만큼 화끈해지는 드워프.

　오늘만큼 행복한 날은 없었다.

　"정말… 엄청난 마법진입니다."

　"그렇지. 마계대공 전하가 아니라면 누가 이런 마법진을
만들 수 있겠는가?"

　"대공 전하는 어디로 가셨습니까?"

　"모르지. 그저 어려울 때 친구로 남아줘서 고맙다는 말과
드워프들과 거래할 때 절대 속이지 말라는 말씀만 남기셨
네."

　"아……."

　"정말 고마운 분이야. 하나를 받으면 열을 돌려주시는 그
마음은… 우리들도 잊지 말아야 한다."

　"총지배상인님의 말씀 명심하겠습니다."

　"그리고 비슈 왕국 지부에 연락하게. 다인트 상단과는 형
제와 같은 마음으로 거래하라고 말이야."

　"알겠습니다. 바로 처리하겠습니다."

　"그리고 마법사 아페포와 에르아인, 갈릴레아스 선장이 원
하는 그 무엇이라도 들어주게. 마계대공 전하께서 투자하신

모든 돈을 그들에게 돌려주셨네. 그뿐만 아니라… 무려 수천 기나 되는 소울 가드도 넘겨주셨네. 그들 몫으로 말이야."

"허억! 수천 기요?"

"우리 상단보다 더 부자라 할 수 있는 분들이네. 앞으로 모실 때 각별히 대하게."

"아, 알겠습니다."

파격적인 마계대공 카르얀의 선물.

할루아 상단 지부에서는 한바탕 난리가 났다.

총지배상인이 갑자기 누군가를 만나고 난 뒤에 벌어진 일련의 사태.

드워프 마을과 직거래를 틀 수 있는 마법진과 갈릴레아스 선장과 아페포, 에르아인 마법사 부녀에게 남겨준 천문학적인 선물.

소울 가드 4,000기라면 어지간한 제국을 세울 수 있는 전력이었다.

더군다나 마계 전장의 모든 통로가 봉쇄된 지금에서는 소울 가드 한 기는 엄청난 돈으로 바뀔 수 있었다.

페르크안이 사라졌지만 인간들 세상에 평화가 찾아오지는 않았다.

그 짧은 사이를 못 참고 물고 뜯는 인간들의 욕망.

그렇게 중간계의 시간과 역사는 천천히 굴러갔다.

원래부터 그러했듯 전혀 변함없이…….

"라슈가란 폰 크라우 국왕 폐하의 전언이십니다. 다이니스 상단주의 도움으로 왕국을 재건할 수 있었으며 다이니스 상단주를 그리는 마음이 사무쳐 잠을 이룰 수 없다 하십니다. 그러니 청혼을 받아주시기를 청하며 사신으로 소신을 보냈사옵니다."

"아, 아닙니다. 저는 기다리는 사람이 있습니다. 그분이 돌아오실 때까지… 전 이대로가 행복합니다."

"또 찾아뵙겠습니다."

오늘도 찾아온 크라우 왕국의 사신이 인사를 하고 물러났다.

여행 중 알게 된 인연으로 크라우 왕국의 재건을 위하여 다이니스는 도움을 주었다.

그리고 그 도움을 바탕으로 힘을 내어 포크온 제국에 의하여 망했던 왕실을 재건한 라슈가란 국왕.

매일같이 사자를 보내왔다.

벌써 두 달째.

청혼을 승낙해 달라는 말과 함께 사신들은 꽃을 들고 나타났다.

"하아……."

사신이 물러나자 참았던 한숨을 길게 내쉬는 다이니스.

어느새 붉은 색감이 도는 금발은 어깨를 넘어 길게 자라 있었다.

미소년에서 아름다운 여인으로 성장한 다이니스.

"카, 카르얀… 날 잊은 거야……. 나도… 이제는 힘들어……."

기다려 달라 말했던 바람 같은 남자 카르얀.

그의 환하게 웃는 얼굴이 어느새 내리고 있는 눈발 사이로 아른거리며 보이는 듯했다.

이제는 포기해야 할 때가 온 것 같았다.

인간이 아니라 마계대공 카르얀으로 불리는 엄청난 신분을 소유한 남자.

인간 세상에서는 모습을 감추었다.

단 한 번도 찾아오지 않는 무심한 카르얀.

또로로록.

보고픔에 눈물 흘리는 다이니스.

스윽.

이내 손수건으로 눈물을 닦았다.

카르얀을 보고 살기에는 지금의 자신의 신분도 변했다.

자그마했던 상단이 어느새 딸린 식구가 천 명이 넘는 대형 상단으로 커져 있었다.

사랑에 울고 있다가 많은 사람들이 고통받을 수 있기에 마음을 강하게 먹었다.

"카르얀, 이제 그만 기다릴게……. 너와 함께 했던 짧은 여

행… 내 인생에 있어서 가장 소중하고 아름다운 추억이었
어……. 사랑했어… 안녕… 카르얀…….”

사락, 사락, 사라락.

굵게 흩날리는 눈발.

내리는 눈송이 하나하나에 그와 함께 한 추억을 담으며 지
워 나가는 다이니스.

빙긋.

카르얀과 함께 마차를 타고 가로질렀던 대륙 여행길.

마음속에 바퀴 소리가 들리는 듯했다.

그리고… 그의 밝고 경쾌한 웃음소리도.

“단장님은 왜 안 오실까?”

“바쁘신가 봐. 마계대공 전하시라잖아.”

“흐흐. 마계에서도 용병질할 수 있겠지?”

“아마도…….”

“그럼 됐어! 한 번 칼맨 용병단은 영원한 칼맨 용병단! 단
장님이 우리를 부르실 때까지 이곳에서 버티고 있자!”

“그럴까?”

“당연하지. 그리고 사실 나 어제 아일키라와 저녁에 손잡
았다!”

“헉! 저, 정말이야!”

“크크. 미안하다, 동생. 형 먼저 구원받아서.”

"크으, 아깝다! 내가 먼저 구원받을 수 있었는데!"

"단장님처럼만 멍청하게 안 하면 돼! 그러면 우리도… 여자 사람과 만날 수 있어!"

"알았어. 형이 이제부터 내 영웅이야!"

"뭘 이 정도를 가지고……."

다인스 상단의 호위 용병 대장으로 임명된 두 명의 아주 평범한 쌍둥이 용병들.

단장도 없건만 칼맨 용병단이라는 이름을 버리지 않았다.

그러나 믿고 있었다.

언젠가 자신들과 함께 다시 용병질에 나서실 멋진 칼맨 단장님.

그날을 위하여 보고픔을 참았다.

여자 사람과 대화하는 즐거움이 정말 대단하다는 사실을 깨달아가면서 그들도 저주를 풀어가고 있었다.

자신들의 칼맨 단장도 할 수 없었던 엄청난 연애라는 걸 할 수 있다는 사실을 뿌듯해하면서 말이다.

"정령왕들께서 정령계와 차원을 구해주셔서 고마워하고 있어요."

"그래?"

"정령왕께서 그러시던데요. 카르얀님이 정령들을 소환한다면 직접 계약을 하시겠다고 말이에요."

"하하. 고맙다고 전해 드려라."

"네~"

"그래, 공작님과 비앙카 양은 잘 계시지?"

"그럼요. 공작님은 카르얀님을 만나면 복수하겠다고 매일 같이 수련에 박차를 가하고 있어요. 그리고 아주아주 미인이 되신 언니는 바이큰 왕국 사교계의 꽃이 되셨답니다."

"이야~ 이거 아쉬운데. 시간만 있으면 비앙카 양을 만나 봐야 하는데."

"걱정 마세요. 비앙카 언니가 마음속에 카르얀님을 얼마나 생각하고 있는데요~ 왕자 전하께서 청혼하셨는데 단박에 거절하셨어요."

"이런… 그거 월척을 놓쳤구나."

"월척요? 카르얀님에 비해서는 새끼 물고기죠."

"야! 너 말 잘한다. 처음에는 말도 제대로 못하더니……."

"인간 세상에서 먹고살려면 어쩔 수 없어요. 가만히 앉아 있으면 빵이 나오나요, 수프가 나오나요. 그저… 능력껏 행복 하게 살다 갈 참이에요."

"그, 그래… 참으로 바람직한 깨달음을 얻었구나."

"다 카르얀님 덕분이에요."

"……."

"그런데 어디 가세요? 옷차림이……."

"응~ 오늘 집에 돌아가는 날이야."

"와! 좋겠다!"

"다음에 볼 수 있을지 모르겠지만 그 깨달음 변치 말고 간직하고 살아라. 내가 봐도 완벽한 깨달음이니까."

"네! 명심할게요."

"그래, 그럼 내가 왔다 갔다는 말 하지 말고 잘살아. 정령 왕님들께 시간나면 한번 찾아간다고 전해 드리고~"

"네~ 호호. 그대로 전해 드릴게요~"

"그럼 안녕~"

"고맙습니다! 카르얀님!"

파앗!

폭풍의 흑기사 트레블라 공작이 머무는 샤이크라 성이 보이는 어느 언덕 위.

정령족 소녀 비아니아와 마계대공이라 불리는 한 남자가 짧은 대화를 나누었다.

아무도 모르게… 바람처럼 그렇게 그들의 대화는 사라졌다.

처음부터 아무 일도 없었던 것처럼.

"여기가 이제부터 우리가 살아가야 할 곳인가요. 너무 아름다워요……."

부드러운 해풍이 저녁 바람을 타고 불어왔고, 평평한 초원 위를 밝히는 수많은 별들이 쏟아지는 섬.

"잊혀진 로도스 섬입니다. 능히 우리와 자손들이 평안히 살 수 있는 곳입니다!"

"아……! 이시스님께서 죄 많은 종들에게 이런 축복을 허락해 주시다니……."

흘러 다니는 달빛 족의 성녀이자 대제국 할모인의 마지막 남은 후손인 아르리안느.

신을 향하여 손을 펴서 얼굴과 심장을 덮었다.

빛과 어둠, 모든 것의 진리인 이시스신을 경배하는 최고의 예.

"마계대공 카르얀 전하께서 이 말씀을 전해달라고 하였습니다. 이곳은 드래곤으로부터 보호받는 영원한 저희 일족의 땅이라고 말입니다."

"고마우신 분……. 언제나 우리에게 사랑만 전해주시고 가시는군요."

"그분을 잠시 오해했던 부족한 제가 한스러울 뿐입니다."

장로이자 대마법사인 헤르만트가 고개 숙여 죄를 청하였다.

"아니에요. 카르얀님은 그런 작은 것을 마음에 담지 않을 것입니다. 처음 볼 때부터 그분께서는 신이 주신 인도자이셨습니다."

은푸른 눈동자를 빛내며 카르얀을 생각하는 성녀 아르리안느.

"곧 다른 일족들도 데려올 생각입니다. 마법진을 설치해 주었기에 바로 올 수 있습니다."

"부탁합니다. 대륙을 떠돌며 지쳐 있는 나의 백성들을 인도해 주세요. 그리고… 우리 이곳에서 행복하게 살아요. 그분의 뜻처럼……."

"성녀님의 명을 받드옵니다!"

며칠 전 밤에 헤르만트를 찾아온 카르얀.

마계대공이라 신대륙에도 소문이 파다하게 나 있었다.

그런 카르얀이 활짝 웃으며 헤르만트를 이곳으로 인도해 주며 마법진을 만들어주었다.

신의 저주는 끝났으니 이곳에서 마음껏 행복하라고.

"카르얀님, 당신의 가시는 모든 길에 이시스님의 축복이 함께 하시기를……."

총총히 떠 있는 별을 바라보며 신께 축원을 올리는 성녀 아르리안느.

또로록 기쁨의 눈물을 흘렸다.

감당하기 벅찬 선물을 안겨준 카르얀.

그가 바로 이시스 신이 아닐까 생각하면서…….

Chapter 443

안녕～ 나의 이계여!

"요즘 수상해……."

"뭐, 뭐가……."

"매일같이 중간계에 내려가서 뭘 하는데? 사실대로 말해. 그러면 적당히 패줄게."

"미, 미미야, 왜 이래? 나 금방 세탁한 옷처럼 순결해!"

"흥! 순결? 그래서 마황님을 꼬셨어? 그것도 모자라 천계 황녀가 매일같이 안부를 전하러 놀러 오고 말이야."

"그, 그건 내가 워낙 인간성이 좋아서……. 하, 하하하."

"웃겨! 그 인간성 한 번만 더 발휘해 봐! 콱! 휘발유 뿌려서 화끈하게 다 태워 버릴 테니까!"

'크윽! 신이시여⋯⋯.'

미미가 원래 좀 까칠한 줄 알았지만 이렇게 화끈할 줄 몰랐다.

중간계에 남아 있던 여러 일(?)들을 처리하느라 조금 바빴다.

마족들을 소환하여 화끈하게 자이언트 산맥의 진화형 몬스터들을 정리하였다. 이곳 인간들에게 줄 수 있는 나의 마지막 선물.

그리고 마계에 돌아와서는 가끔 환수계에 찾아가 라유리아와 사냥놀이도 즐기며 그녀 뒤에서 환수를 타기도 했다.

'휴우, 그래도 다행이다. 대충 다 정리해서⋯⋯.'

미미를 깨운 그날 이후 난 미미의 전투력을 다시 확인할 수 있었다.

나에게 언제나처럼 친밀감을 표시하는 대마황 세를리아 앞에서도 당당하게 내가 자신의 남자친구라고 밝히는 미미.

그럴 때마다 한 몇십 년 잘살다 데려다 달라 말하는 앞으로 인생 구만리, 아니, 구십만리 남아 있는 대마황의 배짱이 부딪쳤다.

거기에 매일 찾아와 천계의 이런저런 얘기를 전해주며 시간을 만들고자 하는 천족 황녀 세비요르까지.

세 여자가 벌이는 암투에 질식할 것만 같았다.

'차라리 모태솔로가 더 행복했어! 크으⋯⋯.'

장가는 가도 후회, 안 가도 후회라는 고금의 진리를 몸소 확인했다.

　아직 결혼도 하지 않았지만 인생의 쓴맛을 진하게 맛보고 있었다.

　'흐흐흐. 그래도 미미는 모른다. 내 팔찌에 담긴 의미를……'

　이곳과 지구 시간이 얼마나 차이나는지 몰라도, 나에게는 비장의 한 수가 남아 있었다.

　세를리아와 맺은 소환수 계약.

　언제나 세를리아가 나를 부르면 난 콜이었다!

　"미미야~ 이제 가자. 우리 집으로 돌아가야지~"

　"정말 오늘은 가는 거야?"

　"그럼! 천황님도 오셨다는데 가야지."

　"고마워, 찬우야~ 난 너밖에 없는 거 알지?"

　고맙다는 말과 함께 풍염한 그 무엇을 내 가슴에 화끈하게 밀착하는 미미.

　"나도 너밖에 없어! 움하하하하하!"

　이럴 때는 다 용서가 되었다.

　쭉쭉 빵빵 이계에 와서 완벽하게 폭풍 성장한 모용미미.

　완벽 그 자체의 미모를 발산했다.

　월드미스 100명을 주더라도 바꾸지 않을 미미의 지대로 매력.

마족 병약 미소녀 세를리아와 천계 요조숙녀 세비요르 황녀 못지않게 내 마음을 흡족하게 해주는 완전 소중한 여자친구였다.

"주군! 모든 준비가 다 끝났습니다!"

"바로 가겠다."

"충!"

언제나 충성스러운 유리케르.

내가 집으로 돌아가도 영원히 11군단장 자리인 마계대공 자리는 공석이 될 것이라 어여쁜 대마황님께서 선포해 주었다.

"드디어… 집에 간다! 찬우야… 나 너무 기뻐……."

한 살 어리건만 이제는 당당히 어자친구의 권리를 마음껏 즐기는 미미.

"가자! 미미!"

"호호! 가자, 찬우야!"

척척척.

미미와 팔짱을 끼고 천황과 대마황 세를리아, 반만년 마족 할배 테르드오, 황녀 세비요르를 비롯하여 나의 똘마니 11군단 마족들이 기다리는 차원 이동 마법진으로 향하였다.

'아니! 차원 이동 마법진도 별거 아니었잖아!'

무지 어려울 것 같았던 차원 이동 마법진.

테르드오처럼 천황도 구라를 즐기시는 분이셨다.

차원 좌표 몇 개만 수정하고 그 차원에서 넘어온 물건과 특
등급을 넘어서는 초특등급 마정석인 차원의 돌만 있으면 그
만이었다.

물론 테르드오 같은 마력 측정 불가 마족은 차원의 돌은 필
요없었다.

자신의 마력을 몽창 부어놓고 떠나면 그만.

정말 온 차원계를 통틀어 가장 멋진 인생, 아니, 마생을 사
시는 분이 아닐 수 없었다.

'이제 이곳도 당분간 안녕~'

떠나기 전에 집무실을 뒤돌아보았다.

언제나 나를 기다리고 있을 11군단 집무실.

가끔 생각날 것 같았다.

'자! 가자! 컴백 홈!'

그러나 이내 미미와 팔짱을 끼고 마법진을 향해 걸어갔다.

난 쿨한 남자였기에 절대 미련을 남기지 않았다.

아니… 그런 척하고 싶었다.

마계에서 난 그 누구도 뭐라 하지 못하는 마계대공 전하였
기에…….

"흑흑… 잘 가~! 나의 사랑하는 소환수."

와락.

'으헉! 으메 좋은 것!'

사정없이 친밀감을 표시하는 세를리아 대마황.

'반드시 다시 불러줘! 오빠, 기다리고 있을게.'

눈물 뚝뚝 흘리는 세를리아를 향해 무언의 텔레파시를 보내었다.

"저 인간이 구박하면 말해. 내가 가서 확 정리해 버릴 테니까!"

"흥! 신경 끄시고 마계나 잘 다스리셔~!'

"카르얀님… 언제나 천계의 태양이 뜰 때마다 기억날 것입니다."

"태양? 왜 태양만 찾으시나! 달 뜨는 밤에도 자지 말고 부르시지!"

좌충우돌 미미는 이곳에서도 화끈했다.

"클클. 그것참 성격 한번 마족보다 더한 인간이로군. 카르얀과 너무 잘 어울리는구나."

"호호, 고마워요~ 멋진 마족 할아버지~ 지구에 놀러 오시면 말씀하세요. 저희 자금성에서 탕수육 세트 확실하게 쏠 테니까요!"

'겨우 탕수육? 참으로 알뜰도 하셔라~'

양장피나 팔보채도 아니고 짜장과 결합한 탕수육 세트를 대접한다는 모용미미.

살림도 기차게 잘할 것 같았다.

"오냐~ 시간 내서 한번 가겠노라."

"네~ 그때까지 노인성 치매 조심하시구요. 오실 때는 양 손 무겁게 오셔야 해요~ 미스릴은 필요없고 황금이 좋답니 다."

"클클클. 그러마."

'오오~! 미미 짱!

황금을 황금처럼 사랑하는 미미.

테르드오를 살살 녹이는 미미의 웃음이 정녕 사랑스러웠 다.

"이제 마법진에 오르게."

"고맙습니다, 천황 폐하!"

"마계 마법진보다 안전할 것이니 안심하게."

"천황 폐하만 믿겠습니다~! 잘 부탁드려요~"

집에 가려 하자 성격 참 대인적으로 변하는 미미.

천황에게도 살랑거리는 매력 100점 미소를 날렸다.

"카르얀~ 어서 올라와. 집에 가서 한판 뜨기 전에!"

세를리아가 품에서 떠나려 하지 않기에 잠시 흐뭇하게 친 밀감을 즐기고 있건만 그 꼴을 못 보고 쌍심지를 켰다.

"아, 알았어. 세를리아… 잘 있어. 꼭… 알았지."

'시간나면 나 꼭 불러줘! 알았지!'

"응… 걱정 마."

내 말을 알아듣는지 고개를 끄덕이는 병약 마족 대마황.

휘릭.

마법진 위에 올라섰다.

천족 황녀 세비요르가 간절히 이별의식을 원하였지만 미미의 도끼눈을 난 감당할 수 없었다.

'어차피 남는 게 시간~ 기다리시오! 곧 돌아오리다! 움하하하하!'

대자연과 동화되었기에 수명이 상당히 늘어났을 것.

유쾌한 마음으로 떠날 준비를 마쳤다.

"준비되었습니다."

"그래, 그럼 잘 가게."

"주군!!!"

"마계대공 전하께 추우웅!"

"추우우웅!"

11군단 호위 마족들과 상급 마족들이 뜨겁게 충을 외쳤다.

'잘 있어라! 니들 격하게 보고 싶을 거다!'

인간인 나를 믿고 충성을 보였던 멋진 마족 형님들.

저들 또한 보고 싶을 것이리라.

"이동!!!"

귓가에 울리는 이동이라는 말 한마디.

미미와 함께 손에 들고 있는 봉황검에 힘이 가득 들어갔다.

파아아아아아아아앗!

눈앞이 뿌옇게 밝아오는 이동 마법진의 거대한 광채.

위이이잉.

머릿속에 울리는 거대한 기의 파장.

콰악.

왼손에 봉황검을 들고 오른손에는 미미의 손을 콱 잡았다.

드디어 돌아가는 지구…….

'안녕, 나의 이계여~'

가슴을 타고 흐르는 울컥한 그 무엇.

마계에서 시작하여 오늘까지 벌어졌던 수많은 기억들.

행복하기도 또한 가끔씩 불행했던 나날.

그게 인생인 것 같았다.

나 강찬우에게 신들이 허락하였던 이계 여행의 추억 말이다.

에필로그

번쩍.

"차, 찬우야… 흐윽… 드디어 돌아왔어."

와락.

감격에 젖어 품에 힘껏 안겨오는 미미.

"미미야……."

빛이 끝나고 드디어 도착한 대지의 촉촉한 느낌.

콧속을 파고드는 익숙한 기운이 이곳이 지구라는 사실을 말해주었다.

"앞으로 잘할게. 바람만 피지 마."

"으, 응……."

품에 안긴 미미의 말에 행복하면서도 등판에 시원한 한기
가 동시에 지나갔다.

"이제 집에 가자. 미미 아버지께서 많이 기다리시겠다."

"그래~ 호호. 우리 집에 가자. 내가 아빠에게 말해서 자금
성 특A 코스로 쏠게!"

'그래도 남자친구 대접 확실하게 하네. 흐흐흐.'

저런 어여쁜 여인이 지구에 또 있을 수 없었다.

한눈 안 팔 자신 있었다.

다만… 마계에서 부르면 난 장담 못했다.

난 힘없는 대마황의 소환수였기에.

창! 차장!

"엥?"

"차, 찬우야!"

그렇게 미미와 어느 산 정상 부근에서 해후를 나누고 있는
사이 귀에 들려오는 너무나 익숙한 쇳소리.

차자자장.

"크아아악!"

"아악!"

"이, 이거 병장기 소리 맞지? 영화 찍는 거 아니지?"

"으… 웅! 마, 맞아!"

'이게 무슨 일이야! 왜! 대한민국에서 병장기 부딪치는 소
리와 비명 소리냐고!'

정신이 번쩍 들었다.

"쳐라! 천마헌신! 만마앙복!"

'주, 중국어?'

제2외국어 선택임과 동시에 아버지께서 특별하게 주문하셔서 유별나게 공부했던 중국어.

내 귀에 분명 억양 강한 중국어가 확실하게 들려왔다.

"막아라! 세가를 공격하는 천마신교도를 막아라!"

"모용세가의 정영들이여! 마교도들에게 정의의 검을 선사하라!"

"와아아아!"

'뭐, 뭣이여… 천마신교? 모용세가?'

이해 안 가는 단어들에 어안이 벙벙했다.

부르르.

나와 달리 내 품에서 몸을 떠는 모용미미.

'설, 설마!'

갑자기 눈길이 손으로 향했다.

'봉황검… 모용세가의… 보물!'

콰앙!

머릿속이 쾅 하고 터졌다.

차원 이동에 필요한 그 차원의 물건.

그리고 우리가 가지고 있었던 모용세가의 보물 봉황검.

'크아아아아아아아! 내가 미쳐!'

터엉!

갑자기 품에 안겨 있던 미미가 벗어났다.

그리고 산봉우리를 향해 달려갔다.

휘이이익.

눈 깜짝할 사이에 사라지는 미미를 쫓아갔다.

내공은 사라지지 않았다.

그렇기에 엄청나게 빠르게 날아가는 몸.

"아!"

산 정상에 서 있는 미미.

신음을 흘리고 있었다.

"헉!"

'저게 뭐야!'

내 눈에 들어오는 한 장면.

불타고 있었다.

산 중턱에 위치한 거대한 분지에 위치한 거대한 건물들.

"세, 세가야……."

"응?"

"모용세가! 찬우야! 모용세가가 저기 있어!"

손가락으로 미미가 가리키는 곳.

건물들 곳곳에 펄럭이는 황금 봉황들.

"컥……."

'젠장!'

확실하게 의심이 맞았다.

여기는… 모용세가가 있는 중국 땅이었다.

그것도 차원 여행 속에 시간을 거슬러왔음이 분명한 순간.

터엇!

미미가 몸을 날렸다.

"으헉! 미미야!!!"

모용세가의 자식인 미미.

파앗! 그녀의 손에 들린 봉황검에서 이는 거대한 봉황의 그림자.

"에휴… 그러면 그렇지!"

찌릿하게 별이 총총하게 떠 있는 하늘을 째려보았다.

참으로 가혹한 신들의 장난.

"미미야! 같이 가~!"

터엉!

산 정상을 박차고 날아올랐다.

내 모태솔로의 저주를 풀어준 여자친구 모용미미.

그녀가 가는 길이 곧 나의 길.

싸나이 강찬우!

검 한 자루 들고 이번에는 무림세계를 구하러 출동하고 있었다.

한 번도 아닌 두 번째 차원 여행.

갑자기 테르드오 할배의 말이 스치고 지나갔다.

왜 지구로 바로 보내주시지 않았냐고 물었더니 들려주던 멋진 한마디.

'재밌잖아~'

그래, 뭔지 몰라도 재미있을 것 같은 이번 여행길.

재미 만땅이 분명할 것이리라.

이제 난 지구의 힘없는 소환수 강찬우가 아니라 마계 깡패 두목.

마계대공 카르얀이었기에…….

『마계대공 연대기』 완결

『마계대공연대기』를 마치며…

　한달음에 쉬지 않고 달려왔습니다. 마계로 떠난 내 친구 카르얀과 함께 정신없이 여행을 하다 보니 어느새 종착지에 도착해 버렸습니다.

　어느덧 여덟 번째 여행을 마쳤습니다.

　하지만 여행이 끝날 때마다 마음에 이는 서운함은 쉽게 가시지를 않습니다.

　좀 더 재미있고, 화끈하며 감동적인 이야기를 전해 드리고자 했으나 부족한 실력에 여행일지를 적다 보니 독자분들의 마음에 썩 들지 않을 줄 알고 있습니다.

　언제나 이럴 때마다 글쟁이는 변명 아닌 변명을 하게 됩니다.

　다음 작품에서는 좀 더 나은 주인공과 모험길을 떠나게 해드리겠다고 말입니다.

　『마계대공 연대기』가 출간될 수 있도록 도움을 주신 귀중한 인연들께 이 자리를 빌려 인사를 올립니다. 언제나 작가들을 제일 먼저 배려해 주시는 청어람 서경석 사장님과 여러 직원 일동 여러

분, 감사합니다.

　그중에서 유경화 팀장님께는 완벽한 편집자의 표본이라 말씀 드리며 특별 우정을 전해 드립니다.

　그리고… 『마계대공 연대기』의 처음과 끝을 그려주신 하늘의 모든 신들과 불보살님들의 가피, 경보사 주지 스님께 무한한 존경과 애정을 헌신하는 바입니다.

　마지막으로 내 사랑하는 가족과 다섯 별들.

　그들이 있기에 쉬지 않고 달릴 수 있었습니다.

　또한 앞으로도 달릴 것입니다.

　생명이 다하는 그날까지 꿈과 모험과 사랑과 우정을 노래하고 싶은 소박한 글쟁이로 살다 가겠습니다.

　세상의 모든 인연자들께 고개 숙여 다시 한 번 고마움의 인사를 드립니다.

　사랑합니다.

　부처님의 자비와 무한한 진리의 가피가 함께 하시기를 기원하겠습니다.

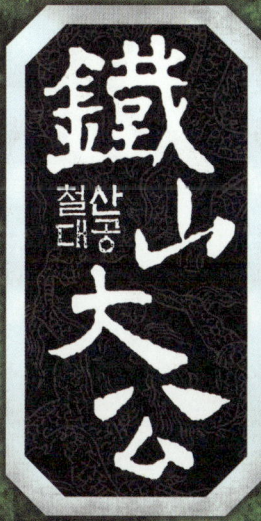

임준후 新무협 판타지 소설

鐵山大公 철산대공

「혈혈무정로」, 「천애검협전」의 작가 임준후!
그가 태산처럼 거대한 남자의 이야기로 돌아왔다!

*"네가 좋아하는 방식대로 살 거라,
지금까지처럼 마음이 가고 몸이 가는 대로!"*

스승이 남긴 말을 가슴에 새기고 중원으로 나온 강산하.
고향으로 향하는 귀로에 하나둘씩 인연이 모여들고
어느새 그의 걸음마다 무림의 판도가 바뀌기 시작한다.

태산처럼 굳세게
산들바람처럼 유유자적하게
흔들리지 않고 올곧게 자신의 길을 걸어간
괴협 철산대공 강산하의 가슴 묵직한 일대기!

용호객잔
龍虎客棧

설경구 新무협 판타지 소설

낙양 변두리에 위치한 허름한 용호객잔.
폐업 직전까지 몰렸던 용호객잔에 복덩이,
천유강이 저절로 굴러 들어왔다.
그런데… 이 객잔 좀 수상하다?

독문병기는 낡은 주판, 중원상왕을 꿈꾸는 객잔주인, 용사등.
독문병기는 마른 걸레, 끔찍이 못생긴 점소이, 용팔.
독문병기는 식칼, 긴 독수공방 끝에 요리와 혼인한 숙수, 장유걸.
독문병기는 이 빠진 도끼, 사연 많은 남장여인, 문우령.
독문병기는 얼굴, 기억을 잃어버린 절세미남 신입 점소이, 천유강.

"중원의 상왕이 되리라!"

현실감각이라고는 찾아보기 힘든
용사등의 허황된 선언이 천하를 혼란에 빠뜨린다.
바람 잘 날 없는 용호객잔의 평범한(?) 일상에
중원의 이목이 집중된다.

Book Publishing CHUNGEORAM

유행이 아닌 자유추구 -
WWW.chungeoram.com

GOD BREAKER

Unterbaum

이상혁 판타지 장편 소설

운터바움

신들의 파괴자

나를 제거할 자, 그를 다스리는 단 한 권의 책,
찾아 펼으리. 그리하지 않으면 나는 불타리.

세계의 근거, 그 자체인 거대한 나무, 바움.
그 아래에서 살아가는 생명들의 세상, 운터바움.
윈델은 신탁에 따라 바움을 파괴할 책을 찾아 떠나고
맨 처음 그의 손이 책에 닿는 순간 운명이 격변한다.

십 년을 모신 주인이자 친구, 세베리아를 비롯
세상 모든 것이 자신의 존재를 잊어버린 상황에서
윈델은 존재의 증명을 위하여 운명과 싸우기 시작한다!

나무의 파괴자 '엠베르크' 란 무엇인가?
모두가 잊어버린 '나' 는 대체 누구인가?

「데로드 앤드 데블랑」, 「카르마 마스터」의 뒤를 잇는
이상혁 작가의 정통 판타지 대작!

「운터바움-신들의 파괴자」!

Book Publishing CHUNGEORAM

유행이 아닌 자유추구 -
www.chungeoram.com

守護武士

수호무사

각사 新무협 판타지 소설 二

소년은 오직 소녀를 위하여 검을 들었다
가슴에 담긴 지키고자 하는 뜨거운 열망.

"이제는 지킬 것이다."

단 하나 남은 소중한 인연, 무유화를 지키려
악의에 휩싸인 무림을 수호하기 위하여
윤, 세상에 서다!

그의 용혈검이 떨치는 무상류와 구천류가
모든 악을 쓸어내리라!

지키는 자!
수호무사 윤, 그를 기억하라.

Book Publishing CHUNGEORAM

유행이아닌 자유추구 —
WWW.chungeoram.com